_____Bia

CONFESIONES DE AMOR
Sara Craven

Editado por Harlequin Ibérica.
Una división de HarperCollins Ibérica, S.A.
Núñez de Balboa, 56
28001 Madrid

© 2018 Sara Craven
© 2018 Harlequin Ibérica, una división de HarperCollins Ibérica, S.A.
Confesiones de amor, n.º 2663 - 28.11.18
Título original: The Innocent's One-Night Confession
Publicada originalmente por Harlequin Enterprises, Ltd.

I.S.B.N.: 978-84-9188-987-8
Depósito legal: M-30301-2018
Impresión en CPI (Barcelona)
Fecha impresion para Argentina: 27.5.19
Distribuidor exclusivo para España: LOGISTA
Distribuidor para México: Distibuidora Intermex, S.A. de C.V.
Distribuidores para Argentina: Interior, DGP, S.A. Alvarado 2118.
Cap. Fed./Buenos Aires y Gran Buenos Aires, VACCARO HNOS.

Capítulo 1

VAMOS, Becks. Cuéntalo todo. ¿Cómo es él en la cama?

Alanna Beckett casi se atragantó con su zumo de naranja y limón y lanzó una mirada de aprensión a su alrededor, a su parte del atestado bar.

—Susie, ¡por el amor de Dios!, baja la voz. Y no puedes preguntar esas cosas.

—Pues acabo de hacerlo —repuso Susie, sin inmutarse—. Tengo una sed de información que ni siquiera este estupendo vino puede saciar. Piénsalo bien. Me voy seis meses a Estados Unidos y te dejo sola en el apartamento tan ermitaña como siempre. Vuelvo a casa con miedo a que hayas adoptado un gato, empezado a llevar broches camafeos y te hayas apuntado a clases nocturnas de crochet, y en vez de eso, te encuentro a punto de prometerte. ¡Aleluya!

—No —protestó Alanna—. Eso no es cierto. No hay nada de eso. Solo me ha invitado a la fiesta del 80 cumpleaños de su abuela, nada más.

—Una familia importante en la hacienda familiar importante del campo. Eso es serio, Becks. Así que dame detalles. Se llama Gerald, ¿verdad?

—Gerard —repuso Alanna—. Gerard Harrington.

—¿También conocido como Gerry?

–No, que yo sepa.

–¡Ah! –Susie asimiló aquello–. ¿Descripción física completa, verrugas incluidas?

Alanna suspiró.

–Rozando el metro ochenta, atractivo, rubio, ojos azules... y sin verrugas.

–Que tú sepas. ¿Cómo os conocisteis?

–Me salvó de ser atropellada por un autobús.

–¡Dios santo! –exclamó Susie–. ¿Dónde y cómo?

–Cerca del Bazaar Vert de King's Road. Iba despistada y me bajé de la acera. Él me agarró para volver a subirme.

–Dios lo bendiga –Susie la miró fijamente–. Eso no es propio de ti. ¿Se puede saber con qué ibas soñando?

Alanna se encogió de hombros.

–Me pareció ver a alguien que conocía –vaciló, pensando con rapidez–. A Lindsay Merton.

–¿Lindsay? –repitió Susie, confusa–. Pero vive con su esposo en Australia.

–Y seguro que siguen allí –replicó Alanna, maldiciéndose interiormente–. Así que casi me atropellan por un error.

–¿Y qué hizo Gerard luego?

–Naturalmente, yo estaba algo temblorosa, así que me llevó a Bazaar Vert y pidió a la encargada que me preparara un té muy dulce –Alanna se estremeció–. Casi habría preferido que me atropellaran.

–No, no es cierto –la corrigió Susie–. Piensa en el pobre conductor del autobús. ¿Y cómo es que tu caballero andante tiene tanta influencia con las señoras estiradas de Bazaar Vert?

–Un primo suyo es el dueño de toda la cadena. Gerard es el director ejecutivo.

–¡Caray! –exclamó Susie–. O sea que gana un pastón y además es ecologista. Querida, estoy impresionada. ¿No hay quien dice que si alguien te rescata, tu vida le pertenece a partir de ese momento?

–Eso son tonterías –repuso Alanna–. Y aquí nadie pertenece a nadie. Solo estamos conociéndonos. Y esa fiesta es otro paso en ese proceso.

–¿Para ver si la abuela da su aprobación? –Susie arrugó la nariz–. Creo que eso no me gustaría.

–Bueno, a lo mejor le caigo bien. Además, es un fin de semana en el campo y pienso relajarme y dejarme llevar. Aunque no me acostaré con Gerard –añadió–. Por si tenías alguna duda. En Whitestone Abbey hay dormitorios separados.

Susie sonrió.

–Y seguro que rezan juntos por la tarde –dijo–. Pero puede que él sepa dónde encontrar un pajar –alzó su copa–. Por ti, mi orgullosa belleza. Y porque el fin de semana haga realidad todos tus sueños.

Alanna sonrió a su vez y tomó otro sorbo de su zumo de naranja y limón amargo. Después de todo, aquello podía ocurrir.

Y quizá ella pudiera por fin empezar a olvidar su pesadilla secreta. Comenzar a vivir su vida plenamente sin verse crucificada por el recuerdo de la vergüenza que la había convertido en una reclusa voluntaria.

Todo el mundo cometía errores y era ridículo que se tomara tan en serio aquel lapsus suyo. Aunque hubiera sido tan impropio de ella, desde luego no había necesidad de seguir machacándose por ello ni permitir que envenenara su existencia un mes tras otro.

–¿Pero por qué? –le preguntaba Susie a menudo–. Es hora de divertirse, así que olvida a tus autores y sus condenados manuscritos por una noche y vente conmigo. Todos se alegrarían mucho de verte. Preguntan por ti continuamente.

Y Alanna utilizaba invariablemente la excusa del trabajo, fechas límite, un aumento en las listas... Y la posibilidad muy real de una absorción, que iría seguida, casi inevitablemente, de despidos.

Explicaba, de un modo muy razonable que, para asegurar su trabajo, tenía que entregarse plenamente a él, lo cual no suponía ningún sacrificio porque adoraba lo que hacía.

Y, como refuerzo, se había creado una personalidad de oficina, una mujer callada, entregada y amablemente distante. Aprisionaba su nube de pelo caoba oscuro con un broche de plata en la base de la nuca. Había dejado de realzar sus ojos verdes y sus largas pestañas con sombra y rímel y limitado su uso de cosméticos a un toque de pintalabios tan discreto, que resultaba casi invisible.

Y solo ella sabía la razón por la que había adoptado ese camuflaje deliberado. Ni siquiera sc la había dicho a Susie, su mejor amiga desde los días de estudiante y ahora compañera de apartamento, que le había proporcionado alegremente el refugio que necesitaba para huir de su habitación con cocina dentro y baño compartido y se mostraba ahora igual de encantada con su aparente renacimiento.

Aunque Alanna no planeaba abandonar su versión actual de sí misma. Se había acostumbrado a ella y se decía que era mejor prevenir que curar.

Y a Gerard parecía gustarle como era, aunque ella quizá podría cambiar un poco de marcha sin sorprenderlo demasiado.

Dependiendo, claro, de cómo fuera todo en la fiesta de su abuela.

La invitación la había sorprendido. Gerard era innegablemente encantador y atento, pero su relación hasta el momento podía calificarse de contenida. Aunque ella no tenía nada que objetar a eso, sino más bien lo contrario.

El primer día había aceptado cenar con él porque se había puesto en peligro para salvarla y habría parecido una grosería negarse.

Y había descubierto que podía relajarse y disfrutar de una velada cómoda y agradable en su compañía. Hasta la tercera cita no le había dado él un beso de buenas noches, e incluso entonces se había limitado a rozar sus labios.

No había sido precisamente un beso Martini, como los llamaba Susie. Para alivio suyo, Alanna no se había excitado. Y al mismo tiempo, le daba confianza pensar que no tenía ninguna objeción seria a que volviera a besarla. Y cuando lo hizo, le gustó darse cuenta de que empezaba a encontrarlo placentero.

–Estamos saliendo juntos –se dijo, un poco divertida por la idea de un cortejo anticuado, pero también agradecida–. Y esta vez –añadió con fervor–, no meteré la pata.

De todos modos, era consciente de que el próximo fin de semana en Whitestone Abbey podía ser un punto de inflexión en su relación y que ella quizá no estuviera preparada para eso.

Por otra parte, rehusar la invitación podía ser un error aún mayor.

Con esa idea, había gastado una parte de sus ahorros en un vestido del color del mar nublado, ceñido y que le llegaba hasta los tobillos en franjas alternas de seda y encaje, lo bastante recatado, en su opinión, para complacer a la abuela más exigente, pero que realzaba al mismo tiempo sus delgadas curvas de un modo que Gerard podría apreciar.

Y que llevaría durante el cóctel del sábado para amigos y vecinos y en la cena formal de la familia que habría a continuación.

—Espero que no te aburras mucho —le había dicho Gerard—. En otro tiempo, la abuela habría bailado toda la noche, pero creo que empieza a sentir su edad. Aunque no te imagines a una señora de las de encaje y lavanda. Todavía monta a caballo todos los días antes de desayunar, sea verano o invierno. ¿Tú montas?

—Lo hice —había contestado ella—. Hasta que me fui de casa para ir a la universidad y mis padres decidieron mudarse a una casita con un jardín manejable en vez de un prado y un establo.

—Tráete botas —le había dicho él con una sonrisa—. Te prestaremos un sombrero y te enseñaré la zona como es debido.

Alanna le había devuelto la sonrisa.

—Eso sería maravilloso —había dicho, a pesar de que cada vez estaba más convencida de que la pronto octogenaria Niamh Harrington debía de ser una mujer formidable.

Por no hablar del resto de la familia.

—La madre de Gerard es viuda y su difunto padre era el hijo mayor de la señora Harrington y el único varón—le dijo a Susie esa noche cuando cenaban en el apartamento. Contó con los dedos—. Luego están su tía Caroline y su tío Richard, con su hijo y su esposa, más su tía Diana, su esposo Maurice y sus dos hijas, una casada y la otra soltera.

—¡Dios mío! —musitó Susie—. Espero por tu bien que lleven etiquetas con los nombres. ¿Niños?

Alanna pinchó una gamba.

—Sí, pero con niñeras. Tengo la impresión de que la señora Harrington no aprueba los métodos modernos de crianza de niños. También tuvo una tercera hija llamada Marianne —añadió—, pero su esposo y ella están muertos y parece ser que no esperan que su hijo asista a la celebración.

—Mejor —repuso Susie—. Ya son demasiados —hizo una pausa—. ¿El hijo de Marianne es el dueño de Bazaar Vert?

Alanna se encogió de hombros.

—Supongo. Gerard no me ha hablado mucho de él.

—Me parece que va a ser un fin de semana complicado —comentó Susie.

Las complicaciones, de hecho, empezaron el viernes por la mañana, en la reunión de adquisiciones de los viernes.

Cuando terminó, Alanna entró en su pequeño despacho, cerró la puerta con el pie y lanzó un juramento.

—¡Oh, Hetty! —musitó—. ¿Dónde estás cuando te necesito? —preguntó, aunque sabía perfectamente que estaba de baja por maternidad.

De hecho, esa era la razón de que Alanna hubiera sido ascendida temporalmente a dirigir la ficción romántica de la Editorial Hawkseye en ausencia de su jefa.

Al principio le había encantado esa posibilidad, pero había acabado por darse cuenta de que se hallaba en una zona de guerra, donde el enemigo contrario era Louis Foster, que dirigía la lista de ficción para hombres, inclinada principalmente hacia la escuela de pensamiento de «sangre y entrañas», pero que incluía también algunos nombres literarios y otras cosas, como Alanna acababa de descubrir.

Había ido a la reunión para vender a una autora nueva, con un estilo fresco y un enfoque innovador, que había descubierto personalmente.

Había hablado con entusiasmo de su hallazgo, pero había chocado con la determinación de Louis, que había dicho que no podía recomendar una inversión de alto riesgo en una completa desconocida.

—Sobre todo —había añadido—, porque Jeffrey Winton me dijo el otro día comiendo que quería ampliar su gama y lo que sugirió suena muy parecido a lo que ofrece la joven de Alanna. Y, por supuesto, tendríamos el nombre de Maisie McIntyre, que se vende solo.

Jeffrey Winton era un autor de *bestsellers* que usaba un pseudónimo femenino y escribía sagas rurales tan almibaradas, que a Alanna le producían dolor de muelas.

Además, era un autor de Hetty, así que, ¿qué demonios hacía Louis comiendo con él y debatiendo proyectos futuros?

Aunque ella, desde luego, prefería no acercarse a él, después de su único encuentro con el rotundo autor de *Amor en la fragua* y *Posada de satisfacción*. Y peor aún, lo que había seguido después.

Todo lo que había intentado borrar de su memoria reaparecía ahora de pronto con todos sus detalles, dejándola momentáneamente mareada.

Y Louis aprovechó eso para convencer a los otros y a ella le esperaba la misión de decirle a una autora en la que creía que no le ofrecerían un contrato después de todo.

Y aquello, además, probablemente serviría para acercar a Louis un paso más a su objetivo de unir la ficción comercial de hombres y mujeres bajo su liderazgo.

Y para colmo, unas horas después tendría su primer encuentro con la familia Harrington, para el que seguramente necesitaría toda la seguridad en sí misma que pudiera conseguir.

Miró la maleta de fin de semana que tenía en el rincón, que contenía vaqueros y botas, junto con el vestido caro envuelto en papel de seda y el marco artesanal de plata para fotografía que había elegido como regalo de cumpleaños para su anfitriona.

Consideró por un momento declararse víctima de un virus misterioso, pero lo descartó.

Después de haberle fallado a su autora, no haría lo mismo con Gerard, principalmente porque percibía que a él también lo ponía nervioso el fin de semana.

Tenía que hacerlo por él y por la posibilidad de un

futuro juntos, si es que la simpatía mutua acababa dando paso al amor.

Un comienzo cauteloso para un final feliz. Como tenía que ser.

Eso era lo que necesitaba. No un descenso apasionado hacia los remordimientos y el riesgo de un desastre. Eso, como todos los demás recuerdos malos, tenía que quedar en el olvido.

El viaje transcurrió sin incidentes. Gerard condujo con fluidez su despampanante Mercedes mientras hablaba de la abadía y de su turbulenta historia.

—Se dice que la familia que la compró en la época Tudor sobornó a los oficiales del rey para que expulsaran a los monjes y que el abad los maldijo —comentó—. Fuera o no fuera así, lo cierto es que después pasaron años difíciles, en gran parte debido a los problemas con el juego y la bebida de una serie de hijos primogénitos, así que mi tatarabuelo, Augustus Harrington, la compró bastante barata. Y como era un hombre respetable y muy trabajador, se dedicó a restaurar Whitestone.

—¿Queda mucho del edificio original? —preguntó Alanna.

—Muy poco, aparte de los claustros. Los de la época Tudor lo derribaron casi todo.

—¡Vándalos! —Alanna le sonrió—. Supongo que el mantenimiento no es fácil.

Gerard guardó silencio un momento.

—No —dijo—. Quizá la maldición del abad era esa. Dijo que sería una rueda de molino colgada al cuello de los dueños por siempre jamás.

–Yo no creo en maldiciones –musitó ella–. Y hasta una piedra de molino vale la pena, cuando hay un trozo de historia así.

–Yo pienso igual –dijo él–. Pero no es una opinión universal. En cualquier caso, debes juzgar por ti misma –aceleró un poco–. Ya casi hemos llegado.

Subieron una colina más y, al llegar arriba, Alanna vio la masa sólida de piedra pálida de la abadía recostada en el valle de abajo, con sus altas chimeneas elevándose hacia el cielo y sus ventanas con parteluces brillando bajo el sol de la tarde.

Dos alas estrechas sobresalían a ambos lados de la estructura principal, encerrando un patio grande, donde se veía ya un cierto número de vehículos.

Gerard aparcó el Mercedes entre un Jaguar y un Audi, a la derecha de los escalones de piedra que llevaban a la entrada principal. Mientras Alanna esperaba que sacara el equipaje, vio abrirse la pesada puerta de madera y apareció una mujer de cabello gris con un elegante vestido rojo, que se hizo visera con la mano para verlos acercarse.

–Habéis llegado –dijo, cortante. Se volvió hacia un hombre alto que la había seguido al exterior–. Richard, dile a madre que Gerard ha llegado por fin.

–Y buenas tardes a ti también, tía Caroline –Gerard sonrió con cortesía–. No te molestes, tío Richard. Ya se lo digo yo.

–Pero os esperábamos hace una hora –su tía apretó los labios y entró la primera en un vestíbulo impresionante con paneles de madera–. No sé cómo afectará esto a la hora de la cena.

–Imagino que se servirá cuando diga la abuela, como siempre –repuso Gerard, sin inmutarse–. Permíteme presentaros a Alanna Beckett. Querida, estos son mis tíos, señor y señora Healey.

Alanna les estrechó la mano y los saludó con cortesía.

–Todo el mundo espera en el salón –dijo la señora Healey–. Deje la maleta ahí, señorita Beckett. El ama de llaves la llevará a su habitación –miró a Gerard–. Hemos tenido que hacer cambios de última hora, así que tu invitada está ahora en el ala este, al lado de Joanne –miró a Alanna–. Me temo que tendrán que compartir un baño.

–Estoy acostumbrada –repuso Alanna con una sonrisa–. Comparto un apartamento en Londres.

La señora Healey asimiló aquella información sin hacer comentarios.

–Vamos, pues –dijo a Gerard–. Sabes que a tu abuela no le gusta esperar.

Gerard y Alanna echaron a andar detrás de ella.

–No te preocupes por la tía Caroline –susurró el primero–. Desde que mi madre se marchó a vivir en Suffolk, se toma demasiado en serio su papel de hija de la casa.

Poco después entraron en una estancia larga de techo bajo, con una chimenea de piedra en un extremo lo bastante grande para asar un buey.

Los muebles, principalmente sofás largos y blandos y sillones profundos, todos tapizados en cretona desvaída, no pretendían ser raídos de un modo elegante. Al igual que las alfombras viejas de los suelos de madera oscura y las cortinas verdes de damasco que enmarcaban unas amplias puertas de cristal, eran simplemente raídos.

La habitación estaba llena de gente que guardó silencio cuando entraron ellos. Alanna se sintió incómoda. Le habría gustado que volvieran a hablar, aunque solo fuera para apagar el ruido de sus tacones en los suelos de madera y disimular el hecho de que todos la miraban fijamente cuando Gerard la llevaba en dirección a su abuela.

Niamh Harrington era una mujer bajita y regordeta, con ojos azules brillantes, mejillas sonrosadas y una cantidad de pelo blanco nieve que llevaba colocado en la parte alta de la cabeza y daba la impresión de que pudiera caerse en cualquier momento.

Estaba sentada en medio del sofá más largo, de cara a los ventanales abiertos. Hablaba animadamente con la chica rubia que tenía al lado, pero se interrumpió cuando se acercó Gerard.

—Querido muchacho —alzó la cara para que él la besara—. Así que esta es tu encantadora muchacha.

Examinó a Alanna con atención y esta tuvo por un momento el impulso absurdo de retroceder. Luego la señora Harrington sonrió.

—Esto es maravilloso. Bienvenida a Whitestone, querida.

Alanna no se esperaba el acento irlandés de su anfitriona, aunque suponía que el nombre de «Niamh» debería de haberle dado una pista.

—Gracias por haberme invitado, señora Harrington —dijo—. Tiene una casa muy hermosa.

La mujer hizo un gesto despreciativo con una mano llena de anillos.

–Ha visto días mejores –se volvió a la chica que tenía al lado–. Muévete un poco, Joanne, querida, y deja que Alanna se siente a mi lado y me hable de sí misma.

Gerard miraba a su alrededor.

–No veo a mi madre –dijo.

–La pobre Meg está arriba descansando. Supongo que el viaje desde Suffolk la ha dejado agotada –la señora Harrington suspiró–. Déjala por ahora. Estoy segura de que estará bien para la cena.

Alanna vio que Gerard apretaba los labios, pero no dijo nada.

–Bueno –comentó la señora Harrington–. Mi nieto me ha dicho que eres editora.

–Edito ficción comercial para mujeres –comentó Alanna.

–Ese es un trabajo que te envidio. Nada me gusta más que un libro. Una buena historia con mucho jugo y no demasiado sentimental. Quizá puedas recomendarme algunos títulos que me gusten.

«¿Puede recomendarme un libro para una anciana a la que le gusta leer?»

Era casi la misma petición que había oído en una librería de Londres un año atrás, pero esa vez en una voz profunda de hombre. Y el comienzo de la pesadilla que tanto necesitaba olvidar. Intentó reprimir un escalofrío instintivo.

–Tienes frío, y no me extraña, ahora que se ha levantado la brisa de la tarde –Niamh Harrington alzó la voz–. ¿Quieres entrar ya, Zandor? Y cierra esas puertas tras de ti. Hay corriente y no podemos permitir que la invitada de Gerard se congele porque tú quieres andar por la terraza.

Alanna tuvo la sensación de que se congelaba de verdad. Miró sus manos, que apretaba tanto en el regazo, que tenía los nudillos blancos.

–Zandor –repitió con incredulidad. ¿Zandor?

No, no era posible. Estaba tan nerviosa que había oído mal. Tenía que ser eso.

–Te pido disculpas, abuela. A ti y a la hermosa amiga de mi primo. Debemos esforzarnos porque no le ocurra ningún daño.

Alanna se obligó a alzar la vista y mirar la figura alta y oscura, situada a contraluz, que quedaba enmarcada por las puertas de cristal.

Ese era el hombre de cuyo dormitorio había huido tantos meses atrás y que le había dejado recuerdos que la habían atormentado desde entonces.

Y por las peores razones posibles.

Capítulo 2

EL CERRÓ tras de sí las puertas de la terraza con mucho cuidado y se adelantó, con sus largas piernas enfundadas en pantalones negros y su camisa a juego desabrochada hasta la mitad, ofreciendo a Alanna una vista no deseada de su pecho de color bronce y el recuerdo de que, cuando había huido de su cama en su encuentro anterior, él no llevaba nada de ropa.

—Quizá deberíamos presentarnos como es debido —dijo él con suavidad—. Soy Zandor Varga. ¿Y usted?

Ella consiguió hablar, aunque con una voz ronca muy distinta a la suya habitual.

—Alanna —tragó saliva—. Alanna Beckett.

Él asintió, observándola con sus ojos de color gris pálido.

—Es un placer conocerla, señorita Beckett. Mi primo Gerard siempre ha tenido un gusto exquisito.

Dio media vuelta y Alanna se sintió aliviada, pero sabía que el alivio sería solo transitorio. Aquello no había acabado. El día que había empezado mal acababa de empeorar mil veces más.

Comprendió entonces que aquel día en Chelsea no había imaginado cosas. Que como dueño de la cadena Bazaar Vert, él había ido a la sucursal de

King's Road, donde ella lo había visto brevemente. Y Gerard probablemente acababa de acompañarlo fuera cuando había acudido en su rescate.

La señora Harrington seguramente no había detectado nada raro, pues la conversación había vuelto al tema de los libros.

–*Middlemarch* –dijo–. ¿Ha leído ese? Un libro maravilloso, pero qué tonta la joven Dorothea para casarse con ese hombre tan estirado. Y después salir de la sartén para caer en el fuego con ese otro tipo hizo una mueca de desprecio–. Un inútil declarado. ¿Y qué es lo que atrae a las chicas decentes de hombres así?

Alanna consiguió sonreír.

–No tengo ni idea. Pero sigue siendo una gran novela.

«Y así se lo dije a su nieto, que la compró para usted hace más o menos un año».

–¿No es hora de que nos preparemos para la cena, mamá? –preguntó entonces la señora Healey–. Sé que no vamos a vestirnos de gala esta noche, pero estoy segura de que a la señorita Beckett, por ejemplo, le gustaría asearse. Joanney puede mostrarle su habitación.

La señora Harrington dio una palmadita en la mano a Alanna.

–Tengo que dejarte ir, querida muchacha –dijo–, pero habrá mucho tiempo para conversar.

Joanne, la rubia que estaba sentada antes al lado de su abuela, no solo era guapa, sino que parecía claramente predispuesta a mostrarse amigable.

–Mejor que hable contigo que conmigo –confesó

cuando subían las escaleras–. La abuela tiene la costumbre de hacer preguntas cuyas respuestas ya conoce. Pero eso no ocurrirá contigo.

Alanna confió en que así fuera.

–Y tú sabes de literatura –continuó Joanne–. Yo lo único que leo es el *Hola* en la peluquería y Kate es igual que yo, aunque ella puede usar a Mark y al bebé como excusa para no leer porque no tiene tiempo.

Cuando llegaron a la parte superior de la impresionante escalera de piedra, giró a la izquierda.

–Estamos aquí, en la zona de las solteronas, supongo, aunque tú no lo eres puesto que eres pareja de Gerard.

–Es un poco pronto para llamarnos eso –dijo Alanna con cautela–. Solo hace unas semanas que salimos juntos.

–Pero te ha traído aquí. Te ha expuesto a todos los Harrington –Joanne soltó una risita traviesa–. Seguro que la abuela ya ha mirado si tus caderas son lo bastante buenas para tener hijos. Su padre tenía una granja de sementales en Tipperary y ella afirma ser descendiente de Brian Boru, así que querrá saberlo todo de tu familia. No puede haber ramas sospechosas en el árbol familiar.

Alanna dio un respingo.

–Estás de broma.

–No del todo –Joanne hizo una mueca–. Se toma eso muy en serio –abrió una puerta–. Tú duermes aquí. Espero que estés cómoda –añadió dudosa–. El baño está entre tu habitación y la mía. Es pequeño porque antes era un cuarto de empolvar las pelucas, pero siempre hay agua caliente y las dos podemos cerrar con cerrojo la puerta del dormitorio y no oiremos ruidos cuando está la otra dentro.

Miró su reloj.

—Volveré a recogerte en cuarenta minutos. ¿Te parece bien?

Alanna asintió con la cabeza.

Una vez sola, se sentó en el borde de un colchón bastante duro de cama doble y miró a su alrededor. Era una habitación anticuada, con una ventana estrecha, y parecía más oscura aún por los muebles pesados de principios del siglo anterior y el papel pintado cubierto de rosas grandes llamativas.

Habían dejado su maleta a los pies de la cama, así que sacó el vestido de noche del día siguiente y lo colgó en el cavernoso armario.

Decidió que Joanne podía ser indiscreta además de simpática y que probablemente debería estar en guardia con ella. Pero tal vez fuera una fuente de información valiosa y quizá pudiera hacerle algunas preguntas como el que no quiere la cosa.

Porque tenía la impresión de que el otro nieto de Niamh Harrington estaba un poco fuera del círculo familiar.

Su primer instinto, una vez más, era salir corriendo. Inventarse una urgencia en el trabajo y volver a Londres. Pero eso haría pensar a Zandor Varga que le tenía miedo y Alanna no quería darle ese gusto.

Su dilema inmediato era qué ponerse esa noche. Por supuesto, había llevado un vestido, uno negro de lino hasta la rodilla. No era el que llevaba cuando conoció a Zandor, pero se le parecía demasiado para su gusto. Por otra parte, se sentía pegajosa con la ropa con la que había viajado y la falda estaba muy arrugada.

Se dio un baño rápido en la bañera anticuada, se vistió con rapidez y se cepilló el pelo hasta sacarle brillo. Se puso un collar de discos planos de plata y añadió una pulsera a juego.

Disfrazó su palidez con algo de colorete y enmascaró las líneas tensas de la boca con un pintalabios rosáceo.

Tomó el frasquito de perfume, pero dudó. Siempre usaba un olor a azalea, de la gama de Lizbeth Lane, una diseñadora joven cuya tienda había visitado con Susie al llegar por primera vez a Londres. Pensó que Zandor lo reconocería si se acercaba lo suficiente y lo devolvió al neceser.

Intentaba calmarse con respiraciones de yoga cuando Joanne llamó a su puerta.

–¿Lista para la guarida de los leones? –preguntó animosa–. Estás muy guapa. Tu pelo tiene un color increíble, se parece a la mesa de comedor antigua de caoba de mi otra abuela, la abuela Dennison.

Suspiró.

–Antes te habían dado otra habitación, pero llegó Zandor inesperadamente y te han cambiado. Ninguno sabíamos que iba a venir. Supongo que es otra vez cuestión de dinero, lo que significa la pelea de siempre. Creo que es injusto hacerle eso el fin de semana de su cumpleaños. Por otra parte, supongo que debemos estar agradecidos de que no haya traído a Lili.

Vio la mirada interrogante de Alanna y se sonrojó.

–¡Oh! Soy una bocazas. Oye, olvida que la he mencionado, por favor.

–Olvidado –le aseguró Alanna, que acababa de comprobar que había acertado de pleno en cuanto al talento para la indiscreción de Joanne.

Pero era interesante que el señor Varga necesitara dinero, lo que sugería que quizá Bazaar Vert se resentía también con la crisis económica, como otros negocios importantes.

Gerard no había mencionado nada de eso, pero ella tampoco le había contado sus miedos sobre la absorción de Hawkseye. No estaban en esos términos.

Y ahora ya no lo estarían nunca, lo cual podía resultar decepcionante, pero no era el fin del mundo. Habría sido mucho peor si Gerard y ella hubieran avanzado mucho más en su relación antes de que descubriera la identidad de su primo.

En cualquier caso, todo aquello terminaría en cuarenta y ocho horas y sería libre de seguir con su vida.

Y no había necesidad de preguntarse quién era Lili. Simplemente sería la última mujer que compartía la cama de Zandor. Pues podía quedarse con él.

–Estás ahí, querida –Gerard le salió al encuentro en cuanto entraron en el comedor, la atrajo hacia sí y, para sorpresa de ella, le dio un beso largo en la boca.

Cuando levantó la cabeza, Alanna se apartó, consciente de que se había sonrojado, no de placer sino de vergüenza, y también de rabia por esa segunda demostración de un comportamiento muy poco característico en él.

Se disponía a preguntarle qué hacía cuando vio que Zandor los miraba con sus ojos plateados brillantes y una cara que parecía tallada en piedra oscura.

Alanna se echó el pelo hacia atrás y forzó los labios en una sonrisa de coquetería. Zandor se giró bruscamente y se alejó.

Gerard le tomó la mano.

—Ven a saludar a mi madre.

—¿Se encuentra mejor? —preguntó Alanna.

Su tono era forzado. Mientras cruzaban la estancia, era consciente de las miradas y encogimientos de hombros que intercambiaban los presentes, como si a la familia de Gerard le sorprendiera ese beso tanto como a ella.

—No le ocurría nada —comentó Gerard con una sonrisa triste—. La abuela y ella siempre han tenido una relación tensa, así que suele alegar jaquecas cuando está aquí.

—¡Oh! —musitó Alanna, que pensó que la Abadía Whitestone parecía albergar muchas tensiones en distintos niveles.

Meg Harrington estaba instalada en un sillón, esbelta y elegante con pantalones blancos de seda y una camisa suelta en tonos azul, óxido y oro. Su cabello rubio lucía un corte moderno y caro y su maquillaje era impecable.

Cuando Gerard las presentó, sonrió con amabilidad a Alanna y después tomó un vaso alto de la mesa que había al lado de su sillón y se lo tendió a su hijo.

—Rellénamelo, por favor —dijo—. No sabía que mi hijo traía a una amiga —comentó cuando se alejó él—. ¿Hace mucho que se conocen, señorita Beckett?

—Solo unas semanas.

La mujer enarcó las cejas.

–¿Y accedió a acompañarlo aquí? Es usted increíblemente valiente.

Alanna se encogió de hombros.

–Soy hija única, así que una reunión familiar como esta me atrae mucho –hizo una pausa, confiando en que la mentira no sonara tan ridícula como a ella le parecía–. La abuela de Gerard se ha mostrado muy acogedora.

–No lo dudo –repuso Meg Harrington con sequedad.

–Y la casa es increíble –añadió Alanna–. Una historia muy interesante.

–Un trasto viejo –contestó la madre de Gerard–. En las últimas fases de decadencia. Yo estaba deseando irme. Y aquí llega mi bebida.

Pero no era Gerard el que la llevaba.

–¿Ahogando tus penas, tía Meg? preguntó Zandor, tendiéndole el vaso.

–Anestesiándolas –contestó la interpelada–. Y preguntándome qué más sorpresas nos esperan –hizo una pausa–. ¿Presumo que has venido solo?

Él apretó los labios.

–Por supuesto. Y por negocios más que por placer.

–Nada nuevo, pues. Te deseo suerte –la mujer alzó su vaso–. Salud. ¿Por qué no le traes algo de beber a la amiga de Gerard? –preguntó. Su voz sonaba divertida–. Parece que la pobre chica la necesita.

–No –se apresuró a responder Alanna–. Gracias. Estoy bien. De verdad.

Se volvió y se alejó, solo para descubrir que Zandor caminaba a su lado.

–¿Huyendo de nuevo, Alanna? –preguntó con suavidad.

Ella miró al frente, consciente de que se le había acelerado el pulso y se había sonrojado.

–Estoy buscando a Gerard.

–Y seguro que esperas otro encuentro amoroso –él parecía divertido–. Sin embargo, lo han convocado a la biblioteca para una conversación privada con la abuela Niamh y no querrán que los interrumpan –hizo una pausa–. ¿Por qué no nos servimos una copa y la tomamos en la terraza mientras charlamos un poco? Creo que deberíamos tener una conversación. ¿Tú no?

Alanna respiró hondo.

–Al contrario, no tenemos nada de lo que hablar –dijo con frialdad–. Y ya no bebo alcohol. Seguro que no tengo que explicar por qué.

–Si tiene algo que ver con nuestro encuentro anterior, sí tienes. A menos que quieras insinuar que acabaste en la cama conmigo porque estabas borracha.

–Lo has adivinado –ella apretó las puños a los costados–. Y ese fue mi primer error. Afortunadamente, no fue fatal.

–No creo –repuso él–. Después de un par de copas de champán, yo me habría considerado agradablemente relajado.

–Seguro que sí –replicó ella–. Y yo no tengo nada más que decir, así que déjame en paz, por favor.

–¿Como me dejaste tú a mí? Pero te he dejado en paz casi un año. ¿Y sabes qué? He descubierto que eso ya no me interesa. Y menos ahora que he vuelto a verte, y en unas circunstancias tan interesantes.

Zandor sonrió, pero la sonrisa no le llegó a los ojos.

–Y antes de que se te ocurra otra réplica desagradable, recuerda que esta habitación está llena de gente que cree que nos hemos conocido hoy y quizá se pregunte por qué nos llevamos mal tan pronto.

–Por otra parte –dijo ella–, por lo que he oído, parece que tú tienes la costumbre de alterar a la gente.

–Pues sigue oyendo cosas. Puede que algunas te sorprendan. Pero entiende que antes o después tendremos esa conversación –dijo él.

Se alejó y ella se volvió hacia la puerta, impulsada por la necesidad de estar sola para pensar.

Pero la interceptó Joanne.

–¿Zandor se te ha insinuado? –preguntó con ansiedad–. ¡Dios mío! Es el colmo. Debe de tener mujeres a sus pies por todo el mundo, así que no tiene ningún derecho –añadió con pasión–. Sinceramente, Alanna, no creas nada de lo que te diga.

–No te preocupes, no lo haré.

–Además –añadió Joanne, más alegremente–, eres la chica de Gerard, ¿verdad?

«Mentira», pensó Alanna. «La verdad es que en este momento no sé quién soy ni qué hago aquí».

Alzó la barbilla.

–Por supuesto que sí –repuso.

–Y mis padres se mueren por conocerte –Joanne la llevó al otro lado de la habitación–. Pero no te preocupes. Tía Caroline y mi madre no se parecen en nada. Nadie diría que son hermanas.

La señora Dennison era una mujer alta y fuerte, cuyo saludo fue tan cálido como su sonrisa.

–Te han lanzado a la piscina –dijo con buen humor. Le hizo señas de que se sentara a su lado–. Me temo que no nos ves en nuestro mejor momento, pero no culpes a Gerard. Él no podía saber lo que iba a ocurrir –se volvió hacia su esposo–. Y ahora parece que mi madre ha invitado a Tom Bradham mañana por la noche. Más problemas.

Maurice Dennison se encogió de hombros.

–Ella resucita con eso, querida. Relájate y deja que se preocupe Caroline sobre dónde se sentará la gente –miró su reloj–. Es casi hora de cenar. Voy a sacar a Kate y Mark de la zona infantil y traerlos abajo.

–Mi madre –dijo Diana Dennison cuando se alejó su esposo– debe de ser la única bisabuela del mundo que sigue pensando que a los niños pequeños hay que verlos, más bien poco, pero no oírlos. Así que bajan una vez al día, a la hora del té. Y sus padres, a su vez, eligen pasar gran parte del tiempo arriba con ellos.

Suspiró.

–Los padres de Mark se quedarían con los niños encantados y ellos se lo pasarían muy bien en la granja, pero mi madre insiste siempre en que los traigan cuando convoca a la familia –movió la cabeza–. No consigo entender por qué. Nunca le han gustado los niños. Ni siquiera los suyos, si la memoria no me falla –añadió con sequedad.

Sonrió de nuevo a Alanna.

–Te he escandalizado, ¿verdad? Pero a Gerard no le importará que sepas cómo es esto.

–Creo que debería dejar claro que hace poco que conozco a Gerard –repuso Alanna.

La señora Dennison se encogió de hombros.

–Seguro que eso no le importa o no te habría invitado. Y yo me alegro. Le diré a mi sobrino que será un tonto si te deja escapar.

–Señora Dennison, por favor... –musitó Alanna con ansiedad.

La mujer suspiró.

–Perdona, pero aprecio a Gerard y quiero volver a verlo feliz. Sin embargo, si no quieres, no diré ni una palabra –sonrió con malicia–. Dejemos que la naturaleza siga su curso. Pero ahí llega mi hermana. Supongo que es hora de pasar al comedor.

La cena fue larga y lenta, pero resultó menos pesadilla de lo que Alanna temía. Por un lado porque la comida era excelente y, por otro, porque se encontró sentada en un extremo de la mesa, lejos de Gerard y, por suerte, más lejos aún de Zandor.

Sus vecinos más próximos eran Desmond Healey, una copia tranquila y humorística de su padre, y su hermosa esposa, ambos entusiastas del teatro, y disfrutó conversando con ellos.

Cuando terminó la cena, era lo bastante tarde para que pudiera disculparse y retirarse a su habitación después de asegurarse de que Zandor no estaba a la vista.

Había notado que Niamh Harrington también faltaba y Gerard había desaparecido a su vez, presumiblemente para continuar su reunión anterior, así que puedo huir a su habitación sin más demostraciones de afecto por parte de él y cerrar su puerta con llave.

Cuando se preparaba para acostarse, pensó en el comentario de la señora Dennison sobre que deseaba que Gerard «volviera a ser feliz». Nunca había notado que fuera infeliz.

Abrió las cortinas para dejar entrar la luz de la luna e intentó acomodarse en un colchón que era duro y tenía bultos.

Estaba casi dormida cuando oyó que llamaban a la puerta con suavidad. Se incorporó sobre un codo y vio que el picaporte giraba lentamente.

Permaneció en silencio e inmóvil hasta que volvió a su posición inicial y unos pasos se alejaron por el pasillo.

Se había ido y Alanna ni siquiera tenía que cuestionarse la identidad del visitante.

Capítulo 3

ALANNA despertó muy temprano a la mañana siguiente, consciente de que había pasado una noche intranquila con sueños que se alegraba de no recordar claramente.

Salió de la cama y se acercó a la ventana, donde una capa espesa de niebla oscurecía la vista del jardín.

Hacia el este, sin embargo, el cielo rojo prometía otro día de calor.

Se puso la bata que hacía juego con el camisón y se acurrucó en el asiento con cojín que había debajo de la ventana.

Se arrepentía de haber ido allí. No solo la familia creía que tenía una relación seria con Gerard, sino que además tenía que lidiar con la realidad de Zandor, que perturbaba de nuevo su vida y su paz mental.

Todo aquello había empezado en un evento de «Encuentro con los lectores», protagonizado por el odiado Jeffrey Winton. Y donde a ella le dolían los pies.

Se había quitado discretamente un zapato de tacón de aguja y había flexionado los dedos. No eran zapatos para estar de pie, pero Jeffrey había tenido la idea de que se colocara de pie a su lado en vez de sentada a la mesa.

Alanna no había planeado pasar la velada del viernes en una librería, oyéndole hablar de su vida, de su carrera de escritor, su encarnación en Maisie McIntyre y sus planes futuros ante una multitud de mujeres que lo idolatraban.

Izzy, la publicista destinada a acompañarlo, se había ido a casa por la tarde con una migraña y Alanna era la única que había en la editorial cuando Hetty había ido a buscar un sustituto.

—Es muy sencillo —le había dicho esta, sin hacer caso de sus protestas—. Solo necesita a alguien que le pase los libros para firmarlos y haga que avance la cola. ¡Ah!, y le gusta que su ayudante vista bien —añadió, mirando los vaqueros, la camiseta y las deportivas de Alanna—. Zapatos incluidos. También suele firmar todos los libros que enviamos para que la librería no pueda devolverlos, así que intente impedirlo porque al dueño de SolBooks no le gusta.

Cuando el señor Winton llevaba casi media hora describiendo cómo había aprendido a conectar con su lado femenino para poder escribir los sucesos adorables y extravagantes de sus sagas rurales, Alanna empezaba a descubrirse tendencias asesinas.

En su habitación tenía manuscritos pendientes de leer, música que podía escuchar, un bol de sopa seguido de una patata asada con queso fundido que disfrutar y una bata antigua pero cómoda que ponerse.

Y tenía que cambiar todo eso por estar allí con el único minivestido negro que tenía y unos zapatos que le aplastaban los dedos.

Deseaba que alguien se levantara y preguntara:

–¿Qué opina usted de los rumores que dicen que su esposa escribe más del cincuenta por ciento de sus libros?

Pero, por supuesto, eso no ocurrió.

El público, cuya entrada incluía un vaso de vino, se había tragado completamente el mundo de ensueño de Maisie McIntyre y estaban embrujadas y deseando acercarse a los montones de ejemplares de *Verano en el Báculo del Pastor* que Clive Solomon, el dueño de la librería, llevaba desde el almacén.

Alanna estaba devolviendo el pie al zapato, cuando se dio cuenta de que había un recién llegado que al parecer acababa de entrar desde la calle. Y que, a diferencia del resto del público, era varón.

También era alto, muy moreno, atractivo aunque no de un modo convencional, y llevaba un elegante traje gris, camisa blanca inmaculada y corbata roja.

Alanna echó a andar hacia él, consciente de que el hombre también la miraba. Él sonrió y ella descubrió, sorprendida, que sentía tentaciones de hacer lo mismo.

–Me temo que es un lanzamiento de un libro, un evento privado. ¿O tiene usted entrada? –preguntó.

–No –él miró a su alrededor–. He creído que la tienda había decidido abrir hasta más tarde. Ya que estoy aquí, ¿puede recomendarme un libro para una anciana a la que le gusta leer?

Ella vaciló.

–¿Qué tipo de historias le gustan? –preguntó.

–Historias buenas, con muchos personajes –él frunció el ceño–. ¿Ese es el autor? –preguntó en voz baja.

–Sí –susurró Alanna–. Pero no creo que ese le gustara –hizo una pausa–. ¿Ha leído *Middlemarch,* de George Eliot?

–No tengo ni la menor idea. ¿A usted le gustó?

–Es uno de mis favoritos de todos los tiempos.

–Pues adjudicado –dijo él. Sonrió y Alanna sintió un temblor extraño y profundo.

–Lo dejo con el señor Solomon –musitó, al ver que el dueño se acercaba a ellos–. Tengo que volver con mi autor.

–Para desgracia mía –dijo el hombre moreno y atractivo. Y ella se sonrojó y volvió corriendo a la mesa.

Durante el aplauso del final de la charla, se permitió mirar hacia la puerta, pero el desconocido se había ido y ella reprimió una punzada de decepción.

La firma de libros fue bien, aunque a Alanna no le gustó que el señor Winton la llamara «mi encantadora ayudante» ni su insistencia en que se acercara más a su silla cuando ella prefería mantener las distancias.

Ya había notado con nerviosismo las miradas de soslayo que le había lanzado a las piernas y el escote y se sintió agradecida cuando la cola empezó a disminuir y la gente a marcharse de mala gana. Clive Solomon recogía ya los vasos usados y Alanna recordó la advertencia de Hetty y decidió añadir cinta extra a las cajas sin abrir del almacén, por si el señor Winton decidía seguir firmando ejemplares.

Tomó la cinta y empezó a trabajar, y tan absorta estaba, que no se dio cuenta de que tenía compañía hasta que Jeffrey Winton habló.

—Eso es muy travieso por tu parte, querida. Deberías promocionar mis ventas, no obstruirlas.

Ella se enderezó.

—Creo que ya se han ido todas los clientes, señor Winton —repuso. Le habría gustado que él no le bloqueara el camino a la puerta y que Clive Solomon no estuviera guardando el vino que había sobrado en alguna parte.

—Pero mañana entrarán otras —musitó él con tono jovial. Se acercó un paso más—. Sin embargo, eres joven y puedes convencerme de que no te delate a Hetty.

—De mucho te iba a servir —musitó Alanna en voz baja. Retrocedió, pero se encontró atrapada entre el cuerpo voluminoso de él y la estantería de acero.

—Es decir, si estás dispuesta a ser amable conmigo —añadió él.

Se lamió los labios con expectación y se acercó aún un poco más, al tiempo que llevaba la mano hacia el dobladillo del vestido de ella.

Alanna se preguntó cuál sería el castigo por darle un rodillazo en la entrepierna a un autor de *bestsellers*. Pero antes de que pudiera correr ese riesgo, intervino otra voz.

—¿No has terminado todavía, querida?

El cliente de los ojos plateados había vuelto y se apoyaba en el umbral de la puerta con aire casual, sonriéndole e ignorando a Jeffrey Winton, que se había dado la vuelta, con la cara roja y furioso por la interrupción—. Me prometiste el resto de la velada, ¿recuerdas?

—Estoy lista —respondió ella con voz ronca—. Solo tengo que recoger la chaqueta y el bolso.

Pasó delante del señor Winton y recogió sus cosas en el pequeño despacho. Felicitó al señor Solomon por una velada exitosa y se reunió con su rescatador en la puerta de la librería.

Él la ayudó a ponerse la chaqueta.

–Parece que he llegado en el momento oportuno –comentó.

–Sí –dijo ella con un escalofrío–. Todavía no puedo creerlo –respiró hondo–. No sé cómo darle las gracias –hizo una pausa–. ¿Pero por qué ha vuelto? ¿Ha cambiado de idea sobre el libro?

–No. Quería invitarla a cenar conmigo.

Ella vaciló. El pulso le latía con fuerza.

–Es muy amable por su parte –dijo–. Pero no es necesario.

–No estoy de acuerdo –repuso él–. Para empezar, me gustaría proseguir nuestra conversación sobre literatura inglesa. Y además, no me gusta comer solo.

–Pero ni siquiera sé su nombre.

–Zandor –dijo él–. ¿Y tú eres...?

Ella tragó saliva.

–Alanna.

–Pues ya conocemos nuestros nombres de pila. El resto puede esperar.

Zandor paró un taxi que apareció de pronto y a ella se le pasó por la cabeza que aceptar su invitación bien podía suponer salir de la sartén para caer en el fuego.

Una idea que quedó reforzada cuando vio a Jeffrey Winton salir de SolBooks y lanzarle una mirada venenosa. Prueba de que probablemente no sería un buen perdedor.

Entró en el taxi con miedo y Zandor lo notó en cuanto se sentó a su lado.

–¿Qué ocurre? –preguntó.

–Lo siento, pero no tengo hambre –respondió ella–. Quisiera ir a casa, por favor.

–¿Vives con tu familia?

–No.

–¿Vives con alguien?

–No.

Zandor asintió.

–En ese caso, creo que es mejor el plan de la cena. Has tenido una experiencia desagradable, pero la comida y tener compañía te ayudarán a olvidarla. Rumiarla en solitario, no.

–Para ti es fácil decirlo –replicó ella–. Tú no puedes perder tu trabajo por lo de esta noche. Jeffrey Winton vende muchos libros. Si dice algo en mi contra, ¿a quién crees tú que creerán?

Zandor frunció el ceño.

–Puedo hablar con tu jefe y contarle lo que he visto. Parece un hombre razonable.

Alanna se dio cuenta de que él creía que trabajaba en SolBooks, pero decidió no sacarlo de su error. Cuantos menos detalles personales compartieran, mejor.

Y estaba demasiado alterada para discutir por la cena. Además, él intentaba ser amable y lo menos que podía hacer era mostrarse educada.

Y estaba en deuda con él, ¿no? Después de todo, serían barcos que se cruzan en la noche. Nada más. Miró por la ventanilla los escaparates iluminados, que de pronto resultaban borrosos.

Y se dio cuenta, horrorizada, de que estaba llorando.

Oyó que Zandor murmuraba algo y se vio atraída hacia él. Cedió al consuelo de sentirse acurrucada en sus brazos y apoyó la cabeza en su hombro. Él le puso un pañuelo blanco inmaculado en la mano.

–¡Qué hombre tan vil! –sollozó Alanna–. Si no llegas a estar tú... Si no hubieras vuelto...

–¡Chist! –susurró él, acariciándole el pelo rítmicamente con gentileza–. Ya ha pasado. Ahora estás segura.

Y ella lloró hasta reducir el pañuelo a una bola de tela empapada.

–Me siento estúpida –dijo con voz ronca, después de terminar de estropearlo sonándose la nariz.

–No es necesario –él le apartó un mechón de pelo húmedo de la frente y ella sintió el roce de sus dedos resonando en cada centímetro de su piel.

El taxi se detuvo, Zandor pagó la carrera y Alanna se encontró delante de una fachada imponente que se anunciaba como el Hotel Metro-Imperial, donde un portero uniformado sujetaba abiertas unas elegantes puertas de cristal.

–¿Por qué hemos venido aquí? –preguntó ella, cuando cruzaban el vestíbulo de mármol en dirección a los ascensores.

–Para cenar –él le puso una mano en el codo–. No he tenido tiempo de reservar mesa en otro sitio, pero la comida es buena.

Y al minuto siguiente, estaban en el ascensor, que subió rápidamente un piso tras otro hasta llegar al último.

—¿Esto es el restaurante?

—No, es el ático. Me hospedo aquí cuando estoy en Londres —contestó Zandor.

Abrió la puerta con su tarjeta llave y entraron en una sala de estar decorada en madera clara y marfil con sofás de piel.

Él señaló una puerta en la pared contraria.

—Si quieres asearte un poco, entra por ahí y enfrente encontrarás un baño —hizo una pausa—. ¿Te gusta la pasta?

—Sí —confesó ella, dudosa.

—Pues pediré eso.

Alanna entró en el dormitorio, que era también enorme y con una cama gigante, con una colcha de color morado. Enfrente, efectivamente, estaba el baño, con ducha y bañera profunda. Un vistazo al espejo que había encima de los dos lavabos gemelos, reveló a Alanna que, efectivamente, necesitaba asearse. Tenía el rostro rojo y manchado por las lágrimas y quizá esa había sido la razón de que su acompañante no eligiera un restaurante público.

Cuando volvió a la sala de estar después de lavarse la cara y volver a maquillarse con discreción, encontró a un camarero que colocaba una mesa para dos al lado de un ventanal mientras otro estaba ocupado con una botella forrada de papel dorado y un cubo de hielo.

Zandor se había instalado en el sofá, sin chaqueta, con la corbata aflojada y los botones superiores de la camisa desabrochados. Miraba atentamente un ordenador portátil que había en la mesita de centro que tenía delante, pero lo cerró al acercarse ella y le sonrió.

–¿Eso te ha ayudado? –preguntó.

–Mucho –ella se sentó a su lado y echó otro vistazo a su alrededor–. Esto es un palacio –comentó.

Zandor se encogió de hombros.

–Cumple su función cuando estoy en Londres. Hoy en día parece que paso la mayor parte del tiempo en un avión. Mañana salgo para Estados Unidos.

–¿Te gusta viajar? –preguntó ella.

–No me molesta –él sonrió–. Pero, por otra parte, algunas personas siempre han pensado que tengo sangre gitana.

–¡Qué emocionante!

–Solo que nunca lo han dicho como un cumplido –repuso él con sequedad.

Se acercó un camarero con dos copas de champán.

–¿Por qué champán? –preguntó ella.

Zandor se encogió de hombros.

–¿Crees que solo se usa para celebraciones? No es así. Esta noche considéralo simplemente como el mejor tónico del mundo.

Alanna tomó una de las copas, dubitativa.

–Pues gracias.

–Brindemos –él rozó la copa de ella con la suya–. Por la salud y la felicidad.

Ella repitió suavemente sus palabras y bebió. El champán le hizo cosquillas en la boca y le acarició la garganta al pasar.

–Tienes razón –musitó Alanna–. Es maravilloso.

Y la comida que llegó poco después también lo fue. Filetes de salmón envueltos en jamón serrano, servidos sobre un lecho de pasta cremosa con estragón y espárragos, guisantes y alubias minúsculas.

El postre fue una bandeja de tartitas de hojaldre rellenas de frutas variadas en sirope de brandy.

Todo ello acompañado por el burbujeo frío del champán.

Y una conversación relajante, que empezó por libros y siguió por música y que consiguió que Alanna disfrutara, pese a su prevención inicial. Saboreó la compañía casi más que la deliciosa cena.

Al mismo tiempo, era cada vez más consciente de la potente atracción que sentía por él y que la perturbaba un poco. No era ninguna niña. Había disfrutado de una vida social satisfactoria en la universidad y desde su llegada a Londres. Pero no había conocido una pasión y ninguno de los jóvenes con los que había salido había conseguido persuadirla de tener una relación más íntima.

Se decía a sí misma que eso se debía a que las relaciones no le interesaban y prefería concentrar su energía emocional en desarrollar su carrera.

O quizá lo que ocurría era que nunca se había visto tentada en serio a abandonar su celibato autoimpuesto.

Con la llegada del café, volvieron a instalarse en el sofá. Y eso señaló también la marcha de los camareros, con lo que se quedaron los dos solos.

Alanna miró su reloj.

—¡Cielos! No sabía que era tan tarde. Debería irme. Ya te he robado demasiado tiempo.

—Creo que ambos sabemos que eso no es verdad. Toma un poco de café —Zandor le pasó una de las tacitas—. Luego llamaré a Recepción y te pediré un taxi.

Cuando le pasó la taza, sus dedos se rozaron y ella se estremeció ante aquel contacto breve. Se apartó un mechón de pelo de la frente y lo vio mirando el movimiento nervioso de su mano. Intentó calmarse, fijar su atención en el café oscuro de la taza.

Cuando terminó de tomarlo, devolvió la taza a la bandeja.

—Estaba delicioso —comentó—. Pero ahora tengo que irme.

—Por supuesto —repuso él. Levantó el auricular, pidió un taxi y escuchó—. Puede que tarde unos minutos —dijo, cuando devolvió el auricular a su sitio—. Parece ser que ha empezado a llover.

—No importa —respondió ella. Se levantó y tomó su chaqueta y su bolso—. Esperaré en el vestíbulo. No es necesario que bajes.

Zandor enarcó las cejas, pero solo dijo:

—Como desees.

Alanna se volvió en la puerta.

—Gracias de nuevo. Por todo —tendió la mano.

Pero en lugar de estrechársela, él la tomó y la besó con gentileza. Al oír que ella daba un respingo, sonrió, dio la vuelta a la mano y acarició con la boca el hueco suave de la palma.

Eso provocó distintas sensaciones a Alanna. Placer y una especie de anhelo que no había conocido nunca pero que le resultaba extrañamente cautivador.

Hasta tal punto que, cuando él la tomó en sus brazos, no se resistió, sino que se apoyó en su cuerpo, sintiéndose envuelta por el calor de la piel de él, como si las capas de ropa que había entre ellos hubieran dejado de existir.

La besó en la boca y respondió a esa intimidad nueva y se agarró a los hombros de él como si fueran su única seguridad en un mundo que se tambaleaba de pronto y donde sus piernas ya no parecían capaces de soportar su peso.

Sus besos fueron pasando de gentiles a urgentes y a expresar un hambre evidente que ella no podía ignorar ni negar, puesto que lo compartía.

Cuando sintió que él le desabrochaba la cremallera del vestido y se lo bajaba por los hombros, no protestó, sino que se pegó a él, que acariciaba su garganta con los labios.

Estaba absorta en el pozo suave y caliente del deseo, cuando el timbre del teléfono se introdujo violentamente en sus sentidos con la fuerza de un latigazo.

Zandor dijo algo en voz baja y la soltó. Se acercó al teléfono.

–Muy bien –dijo con voz cortante. Y colgó.

Miró a Alanna.

–Ha llegado tu taxi.

La breve interrupción había devuelto a Alanna a la realidad de lo que sucedía. Y le había dicho que debía ponerle fin.

–Sí, por supuesto –dijo con voz temblorosa.

Se colocó el vestido con torpeza y cerró la cremallera. Tomó la chaqueta y el bolso, que había dejado caer al suelo.

–Buenas noches –dijo.

–Espera –musitó Zandor con voz ronca–. No te vayas.

–Tengo que...

–No –él la miró a los ojos–. Déjame que despida al taxi –respiró hondo–. ¡Dios mío, Alanna! Quédate conmigo esta noche. Duerme conmigo.

–No puedo –ella apartó la vista–. No... Yo nunca he... –tropezaba con las palabras, avergonzada por lo que revelaba–. Por favor, déjame ir.

Hubo una pausa.

–Si es lo que quieres... –musitó él. Y se apartó para dejarla pasar.

Ella caminó los pocos metros hasta el ascensor, intentando no correr. Su instinto le decía que él seguía mirándola desde el umbral.

Y todavía después de pulsar el botón de bajada, se descubrió susurrando una y otra vez:

–No mires atrás, no mires atrás...

Capítulo 4

Y entonces...

No, Alanna se negaba a pensar más en eso. No, no lo haría nunca más.

Descubrió que estaba hecha casi una bola y tenía frío. Se enderezó despacio y se maldijo interiormente por su estupidez al dejarse afectar de nuevo por errores pasados.

Llamaron a la puerta.

–¿Quién es? –preguntó.

–Joanne. Tengo café, si no te importa tomarlo solo y sin azúcar.

–Me parece maravilloso –Alanna se acercó a la puerta y giró la llave.

Joanne, que llevaba una taza humeante en cada mano, la miró sorprendida.

–Si te preocupa el fantasma de la abadía, se supone que solo está en el claustro –dijo.

–Ni siquiera sabía que existía –repuso Alanna. Señaló a Joanne la única silla y volvió a su asiento de la ventana con el café–. Supongo que lo de encerrarme con llave es una costumbre de cuando alquilaba solo una habitación.

Joanne soltó una risita.

–¡Pobre Gerard! Suponiendo que se arriesgara a venir a pesar de la abuela.

Alanna se esforzó por sonreír también.

–No, ya me explicaron las reglas por adelantado.

–Pues tenéis que procurar pasar algún rato a solas hoy y prepararos para esta noche. A mí me funciona repetirme en silencio que mañana a estas horas habrá acabado todo.

Alanna la miró, genuinamente divertida.

–Eso es absurdo. Solo es una fiesta de cumpleaños.

Joanne suspiró.

–Con la abuela, nunca se sabe. Ha invitado a lord Bradham.

Alanna recordó que la señora Dennison había mencionado aquel nombre con aprensión.

–¿No te cae bien? –preguntó.

–Es encantador. Un terrateniente de la zona muy rico.

–Y entonces, ¿cuál es el problema?

–Gerard no te lo ha dicho –Joanne hizo una mueca y bajó la voz–. El problema es que estuvo prometido con mi tía Marianne. Habían fijado la fecha y todo. Ella se fue a París a casa de su madrina, que pagaba el vestido de novia, y la invitaron a una fiesta en la embajada. Otro de los invitados era un hombre llamado Timon Varga. Un hombre algo misterioso, atractivo y encantador, pero poco conocido. Una semana después, Marianne salió de la casa con su pasaporte y el vestido de novia, que le habían entregado el día anterior. Dejó una nota donde decía que se iba a casar con aquel extraño.

Alzó los ojos al cielo.

–Naturalmente, fue un gran escándalo. La abuela no dejaba de decir que era un estafador y un gitano que creía que Marianne tenía dinero. Quería hacer que los buscara la policía, pero el abuelo la disuadió. Dijo que Marianne tenía más de dieciocho años y era libre de elegir por sí misma, por mucho que se equivocara. Y que si la abuela acertaba y su hija volvía abandonada, pobre y embarazada, cuidarían de ella.

–¿Y su prometido? –preguntó Alanna–. ¿Cómo se lo dijeron?

–No tuvieron que hacerlo. Al parecer, Marianne le había escrito ya. Naturalmente, se disgustó mucho. Tanto, que cerró su casa y se fue a Canadá. Cuando volvió, dos años después, se había casado también, con una chica llamada Denise a la que había conocido en Montreal.

Soltó una risita.

–La abuela la odió nada más verla y cuando él heredó el título y Denise se convirtió en lady Bradham, casi le dio un ataque. No dejaba de decir que esa debería haber sido Marianne.

Alanna carraspeó.

–¿Y Marianne acabó pobre y abandonada? –preguntó.

–Ni mucho menos. Cuando el abuelo insistió en que los invitaran a la abadía, mi madre dice que Marianne llevaba un diamante tan grande como el Peñón de Gibraltar. Resultó que su esposo era muy rico y que se adoraban. La abuela, por supuesto, no podía aceptarlo. Hizo todo lo posible por averiguar de dónde procedía él y cómo había hecho su fortuna, pero no lo consiguió, así que contó a toda la familia que debía de llevar sangre mala y probablemente era un delincuente. Y Marianne tendría suerte si no acababa en la cárcel con él.

Alanna casi se atragantó con el café.

—¿Cómo pudo hacer eso?

—Muy fácilmente. Y cuando nació Zandor, mamá dice que lo llamaba «el mocoso gitano», incluso cuando era lo bastante mayor para entenderlo.

—Comprendo —musitó Alanna.

—Y por eso ha invitado a lord Bradham, que ahora está viudo. Para recordarle a Zandor que, para ella, él sigue siendo un extraño y ese es el hombre con el que debería haberse casado su madre —hizo una pausa—. Entre otras cosas.

Alanna casi no podía creer todo aquello de la anciana sonriente de cabello blanco del día anterior.

Terminó el café y le tendió a Joanne la taza vacía.

—Muchas gracias.

—De nada. Me traje una pava eléctrica y café instantáneo. La cocina es territorio prohibido hasta el desayuno, que se sirve a las nueve en punto —Joanne le guiñó un ojo—. Otra regla de la casa.

—Procuraré recordarla —repuso Alanna.

Niamh Harrington presidía la mesa del desayuno, vestida todavía con pantalones de montar y jersey polo, con las mejillas sonrosadas y los ojos brillantes, aunque ni su nuera ni Zandor habían obedecido la regla de las nueve en punto. Cosa que Alanna agradecía bastante.

Había felicitado el cumpleaños a la anciana y se había servido tostadas y café del aparador. Gerard le había dicho que los regalos se entregarían esa noche durante la cena.

—No sabía que montabas, querida –dijo la anciana en cierto momento–. De haberlo sabido, podrías haber venido conmigo antes.

Alanna murmuró que hacía tiempo que no subía a un caballo.

—Yo la llevaré a montar más tarde –intervino Gerard.

—Esta mañana no, querido –la anciana sonrió con calma–. ¿No te he dicho que quiero que vayas a Farm Home a charlar con el señor Hodson? Puede que se me haya olvidado, pero te estará esperando.

—Gerard –comentó Alanna–, no me importa no ir a montar. Puedo explorar el claustro y dar un paseo por el jardín.

—No, no –intervino la señora Harrington–. Te vendrá muy bien galopar al aire. Te pondrá algo de color en la cara, en lugar de esa palidez de Londres. Te daremos a Dolly, una yegua tranquila, y le diré a Jacko, el mozo de cuadra, que vaya contigo y se asegure de que no te pierdas –comentó. Y volvió a su huevo hervido.

Alanna, con las mejillas enrojecidas, decidió que ya no necesitaba preocuparse por su palidez.

Si la señora Harrington quería transmitir el mensaje de que estaba fuera de lugar allí, resultaba innecesario. Y así se lo diría a Gerard a la primera oportunidad. De hecho, su primer impulso fue pedirle que la llevara a la estación más próxima para regresar a Londres y mandar al infierno la fiesta, la abadía y a todos sus habitantes.

Excepto que entonces Zandor podía sacar la conclusión de que su inesperada partida tenía algo que ver con él, y eso no podía consentirlo su orgullo.

No, resistiría allí hasta el final.

Cuando terminó el desayuno, se disculpó educadamente y salió del comedor. Gerard la alcanzó al pie de las escaleras.

—¿Adónde vas? —preguntó.

—A cambiarme —ella señaló sus vaqueros y botas—. He decidido ahorrarle el paseo al mozo de tu abuela y pasar aquí la mañana.

—No —dijo él—. Tengo que hablar contigo en privado. Es importante. Iré a la granja y, cuando pase por el establo, le diré a Jacko que te lleve a Whitemoor Common. Me reuniré con vosotros en cuanto termine con el viejo Hodson. ¿De acuerdo?

Alanna suspiró.

—De acuerdo.

Dolly era una yegua gris, fuerte más que elegante, pero tranquila, y Jacko era del mismo estilo. También era un hombre de pocas palabras.

—¿A Whitemoor Common, señorita? —preguntó cuando empezaron a avanzar juntos por el sendero.

—Sí, por favor —contestó ella.

Y no volvieron a cruzar palabra.

Quince minutos después llegaban a su destino, un prado grande de hierba, tachonado de piedras y con algún que otro árbol.

Jacko se despidió con un gesto de la cabeza y volvió a la abadía.

Alanna desmontó, ató las riendas de Dolly a una rama baja de un serbal, se quitó el sombrero y el jersey, que se ató flojo sobre los hombros, y se sentó en la hierba al lado del camino, con la espalda apoyada en una piedra pintada de blanco y con las letras «Whitemoor» en negro.

Alzó la cara al sol y se dispuso a esperar.

Poco después, empezaba a adormilarse cuando Dolly lanzó un relincho suave.

Alanna abrió los ojos y vio que se acercaba un jinete desde el otro lado del prado.

Se puso de pie, levantó una mano para hacerse visera en los ojos y lanzó un respingo. El jinete no era Gerard, sino alguien mucho más moreno, que llevaba una camisa roja. Alanna supo en el acto de quién se trataba.

Sintió la boca seca y el corazón le golpeó en el pecho con pánico. Se acercó a Dolly, desató las riendas con un movimiento brusco, subió a la silla y puso la yegua al galope.

Oyó que él gritaba su nombre, pero no hizo caso. Se inclinó sobre el cuello de Dolly y se dio cuenta demasiado tarde de que el terreno desigual del prado era el lugar menos indicado para lanzarse a una carrera.

Zandor la perseguía y ganaba terreno, aunque Dolly había salido de su placidez habitual y había decidido ponérselo difícil a su compañero de establo. Alanna maldijo su estupidez.

Intentó tirar de las riendas, pero la yegua movió la

cabeza en protesta y se las arrancó de las manos de un tirón. Alanna no pudo hacer otra cosa que aferrarse desesperadamente a su crin.

En aquel momento, Zandor se puso a su nivel. Extendió un brazo, levantó a Alanna de su silla y la clavó a su costado con fuerza, dejándola colgando indefensa en el aire hasta que controló a su caballo y pudo pararlo.

Alanna empezó a debatirse.

—¡Suéltame, maldita sea! —dijo sin aliento—. Bájame.

—Será un placer —repuso él, cortante. La soltó y ella aterrizó sobre el trasero en una mata de hierba, con un golpe sordo que le sacudió todos los huesos del cuerpo.

Dolly también había frenado y trotaba en círculos. Al parecer, había entendido que la inesperada aventura había terminado.

Zandor palmeó a su caballo en el cuello, murmurando algo tranquilizador en un idioma que Alanna no reconoció. Desmontó, ató las riendas a un árbol pequeño y se acercó a Dolly, silbando con suavidad.

La yegua se apartó al principio, pero cuando él esperó, silbando todavía la misma tonada, bajó la cabeza, se acercó y le permitió atarla cerca del caballo bayo.

Alanna, entretanto, se había levantado jurando entre dientes y resistiendo el impulso de frotarse el trasero dolorido.

Zandor la observó con los labios apretados.

—La próxima vez que quieras arriesgar el pellejo, prueba a tirarte de un edificio alto —dijo—. Dolly puede que haya dejado atrás sus mejores años, pero no se merece acabar sus días con una pata rota o algo peor. ¿No se te ocurre otra cosa que galopar así por territorio desconocido? Hay terreno pantanoso ahí adelante. Y no llevas sombrero.

Alanna levantó la cabeza con aire desafiante.

—¿Qué haces aquí?

—Venía a buscarte. Sé que esperabas a mi primo, pero él no se reunirá contigo después de todo.

—¿Cómo lo sabes?

—Estaba en el patio del establo cuando él habló con Jacko. Y también estaba nuestra abuela, que decidió hacerle otro encargo después de ir a Home Farm —sonrió—. Así que decidí ahorrarte una larga espera inútil al sol.

Alanna se mordió el labio inferior.

—No esperes que te esté agradecida.

—No lo espero —Zandor se encogió de hombros—. Además, también pensé que sería una oportunidad de oro para que tuviéramos la charla que te prometí. Empecemos por la primera vez que huiste de mí. Cuando me desperté y descubrí que te habías ido sin decir ni una palabra, ni entonces ni después. ¿Qué hice para merecer eso? Porque me gustaría mucho saberlo.

Alanna sentía la garganta seca.

—Supongo que tus conquistas habituales se quedan a suplicar más. Digamos que yo resulté ser la excepción a la regla.

—Eso es un comentario barato que nos insulta a los dos —dijo él con dureza.

—Tuvimos una aventura de una noche —musitó ella—. No es para tanto.

—No estoy de acuerdo —la voz de él adoptó un tono íntimo—. ¿Debería dar mis razones?

—¡No! —exclamó ella—. Todo eso fue hace mucho tiempo.

—A mí todavía me parece que fue ayer.

—Pues ese es tu problema —Alanna tragó saliva—. ¿Por qué no puedes dejar el pasado en paz en vez de revivir viejos errores? Después de todo, eso no va a suponer ninguna diferencia para nosotros.

Él guardó silencio un momento.

—Pues volvamos nuestra atención al futuro y permíteme un consejo. Lo tuyo con Gerard jamás podrá ser. Harías muy bien en alejarte.

Aunque Alanna estaba de acuerdo en eso, no podía admitirlo.

—Mi relación con Gerard es algo que solo nos concierne a nosotros —respondió con frialdad.

—En esta familia, eso no es posible.

—Te aseguro que todos han sido muy amables y considerados.

—¿Ese «todos» incluye a tía Meg y tía Caroline? —él enarcó las cejas con ironía—. ¿O a mi abuela? Sé que a veces puede ser encantadora, pero eso no altera sus planes para Gerard, que me temo que no te incluyen a ti. Eso te lo garantizo.

—El futuro de Gerard solo puede decidirlo él. Y quizá quiera que yo juegue papel en él.

—Y en ese caso, ¿por qué no está ahora aquí, buscando un lugar tranquilo en el que arrancarte la ropa? ¿O eso no es todavía parte de la agenda?

Alanna echó atrás la cabeza.

—¡Cómo te atreves! Eso no es asunto tuyo.

–Claro que lo es. Después de haberte iniciado en los placeres de la pasión física, querida mía, no me gustaría que te sintieras privada de algo ahora.

Alanna se llevó las manos a la cara, que le ardía.

–No me siento así –contestó–. En ningún sentido. Supongo que no querrás detalles.

–Gracias, pero creo que prefiero mis recuerdos –contestó él–. O sea que Niamh es encantadora y Gerard atento –dijo divertido–. Pero no te dejes engañar por eso. Si piensas a largo plazo, Gerard no puede permitirse casarse.

–Tú eres su jefe –musitó ella–. Quizá deberías pagarle más.

–Quizá lo haría, si estuviera más convencido de su compromiso con Bazaar Vert –respondió él–. Sin embargo, su sueldo actual ya le permite un apartamento agradable en Chiswick, el coche y un barco caro, además de sus viajes a esquiar en Año Nuevo y sus vacaciones de verano en el Caribe.

Alanna se mordió el labio inferior.

–Yo tampoco estoy en la cola del paro precisamente.

–No, tú trabajas en una empresa llamada Hawkseye –contestó él–. Pero a menos que te haya tocado un millón de euros en la lotería, eso no te califica para ser la esposa del heredero de la Abadía Whitestone. Salvo que estés dispuesta a enfrentarte a Niamh y convencer a Gerard de que ese destino no le conviene nada. Para eso tendrías que ser muy valiente o muy temeraria. Y aunque temeridad no te falta, puede que no volvieras a salir ilesa una tercera vez.

–¿Tercera?

–Sí, claro. La primera fue la noche en mi hotel en la que dejaste que el taxi que te había pedido se fuera sin ti. Y a mí me gustaría saber por qué. ¿O vas a volver a usar el champán como excusa?

–No. Aunque nunca he bebido mucho.

«Quizá porque he visto adónde puede llevar eso».

–Quizá sentía curiosidad –continuó Alanna–. Había entendido que era una anomalía en estos tiempos y quería saber lo que me perdía.

–¿Y me elegiste a mí en un impulso para ese experimento? –la voz de él era dura–. Por favor, no esperes que te esté agradecido.

–No lo hago. No tardé en darme cuenta de que había cometido un error imperdonable. Que eso era lo último que quería que ocurriera. Después no me atrevía a mirarte a la cara y por eso me fui.

Él le lanzó una mirada tormentosa.

–¿Y no se te ocurrió decirme antes, quizá cuando empezamos, que habías cambiado de idea y querías parar?

–Sí, claro –contestó ella con amargura–. Como si tú hubieras aceptado eso. Seguro que me habrías dado una palmadita en la cabeza y me habrías dicho que no me preocupara. Leo cosas así todos los días en la prensa.

–¡Ah, claro! –contestó él con la misma amargura–. Y era más fácil incluirme entre los desaprensivos que no aceptarían un no por respuesta –hizo una pausa–. Supongo que no le has contado eso a Gerard.

–No –repuso ella, aún nerviosa–. ¿Por qué iba a admitir que soy mercancía dañada?

–¿Por qué, claro? –preguntó él a su vez–. Ahora vuelve a la abadía antes de que a mi abuela se le ocurra otra lista de tareas para tener a Gerard ocupado y fuera del alcance el resto del día –dijo con brusquedad–. Si giras a la derecha en esas rocas, encontrarás un sendero fácil que te llevará casi directamente a los establos. A menos que decidas lanzarte a otro galope.

Desató a Dolly y se la acercó.

–Pero no esperes demasiado –dijo cuando Alanna se hubo instalado en la silla–. Da igual que seas mercancía dañada o inmaculada como la nieve recién caída. Él no es para ti.

–Gracias –contestó ella–. Eso lo decidiré por mí misma.

–Lo cual podría ser otro gran error –declaró él–. Pareces propensa a cometerlos.

Subió a su caballo, le dirigió un saludo burlón y se alejó.

Alanna lo observó partir, agradecida porque Zandor nunca sabría la verdad. Las lágrimas que no se atrevía a derramar le quemaban la garganta como si fueran ácido.

Capítulo 5

EL REGRESO a la abadía fue tranquilo y sin incidentes. Dolly conocía el camino y Alanna estaba encantada de dejarse llevar, lo cual le permitía pensar.

Lo único importante allí era si Zandor la había creído y su encuentro anterior había quedado ya en el pasado. Confiaba en que así fuera.

Y parecía que su decisión de ir con cautela en la relación con Gerard había sido acertada. Si se hubiera permitido enamorarse de él, habría sufrido una gran decepción.

También empezaba a darse cuenta de que probablemente había interpretado mal los comentarios de Joanne sobre los posibles choques del fin de semana por dinero. Porque la historia familiar que había oído desde entonces indicaba que no sería Zandor, el gitano, el extraño, el que pidiera ayuda económica a su abuela, sino más bien al contrario.

Pero aquello no era asunto suyo, pues pronto dejaría atrás todo aquello.

Al menos su interludio con Gerard había sido lo bastante placentero para sacarla de su reclusión voluntaria y quizá algún día se viera envuelta en una relación de verdad.

Cuando estaba en el establo quitándole la silla a Dolly, apareció Jacko.

–Déjeme eso a mí –gruñó–. La señora pregunta por usted.

Alanna decidió que la señora podía esperar hasta que se bañara y cambiara de ropa, así que entró en la casa por una puerta lateral y estaba cruzando el vestíbulo, cuando la interceptó la señora Jackson, el ama de llaves.

–Ah, ya ha vuelto, señorita Beckett. La señora Harrington quiere que tome café con ella en la biblioteca.

Alanna la siguió de mala gana a aquella cita inesperada y no deseada.

La biblioteca no era muy grande y las estanterías de roble que cubrían tres de sus cuatro paredes desde el suelo hasta el techo, llenas de libros encuadernados en piel que Alanna estaba segura de que no se habían abierto en años, la hacían parecer aún más pequeña y oscura.

La cuarta pared la ocupaba una elaborada chimenea, que en esa época del año, en vez de fuego, contenía un atractivo arreglo de flores secas. A ambos lados de la chimenea había dos sillones de piel de respaldo alto, con una mesita entre ellos. Niam Harrington estaba sentada en el que miraba a la puerta. Se había cambiado desde el desayuno y llevaba un caftán de seda de color turquesa con mariposas bordadas.

–¡Por fin llegas! –exclamó al verla–. Estaba preocupada desde que descubrí que Jacko había vuelto sin ti. ¿Qué tal se ha portado Dolly? Mañana montarás conmigo y te daré a Caradoc. Era un caballo muy salvaje, hasta que el primo de Gerard vino un fin de semana y consiguió domarlo, porque los gitanos siempre han tenido buena mano con los caballos. Creo que está en sus genes.

El desprecio de su voz expresaba claramente que era la propia abuela de Zandor la que jamás usaría la palabra «gitano» como un cumplido. Decididamente, era una mujer muy vil.

En aquel momento entró el ama de llaves con una bandeja.

–Deje el café aquí, señora Jackson, nos serviremos nosotras.

Tomó la pesada cafetera de plata.

–Adivino que lo tomas con leche pero sin azúcar –dijo–. ¿Me equivoco?

–En realidad, me gusta solo –repuso Alanna–. Y mañana volveremos a Londres después de desayunar, así que lo de montar tendremos que dejarlo para otra ocasión.

–Me temo, querida, que tengo que decepcionarte en eso. Gerard, como heredero, tiene ciertas responsabilidades aquí, sobre todo ahora que ya no soy tan joven, y mañana tendrá que hablar con algunos inquilinos. Imagino que eso le llevará casi todo el día y después tendremos que hablar entre nosotros, por lo que probablemente pase la noche aquí. Y seguro que tú tienes que volver a tu vida ajetreada y tu carrera en la gran ciudad.

Hizo una pausa.

–Pero mi Diana y su esposo se marchan antes del almuerzo y estoy segura de que te llevarán encantados. O puedes hablar con Joanne. He notado que os lleváis bien.

Alanna tomó un sorbo de café sin perder la compostura. Aquel era el modo que tenía la dueña de la casa de decirle que no volviera nunca por allí. Por suerte, lo único que le dolía de aquello era tener que aceptar que Zandor había acertado. Pero al menos no tendría que admitirlo delante de él.

–Por favor, no se moleste, señora Harrington. Puedo organizarme sola.

O también podía hacerlo Gerard. Después de todo, era lo menos que le debía. Además, seguro que conocía los planes de su abuela para su futuro, así que, ¿por qué narices la había invitado a ir allí?

Decidida a partir con dignidad, sonrió y aceptó otra taza de café.

Lo cual resultó ser un error.

–Creo que tu padre es abogado –dijo Niamh Harrington, cuando le tendía la segunda taza–. Una gran profesión. ¿Trabaja en Londres por casualidad?

–En absoluto. Está especializado en derecho de familia en Silworth, un pueblo grande –Alanna hizo una pausa–. ¿Ha oído hablar de él?

–No me suena. ¿Y tu madre también trabaja?

–Trabaja media jornada en una tienda benéfica para personas sin techo, pero también participa en el Instituto de la Mujer y tanto mi padre como ella son muy aficionados a la jardinería.

La inquisición continuó por aquellos derroteros,

hasta que a Alanna le quedó claro lo provincial que debía de resultar su procedencia para los Harrington de la Abadía Whitestone.

Cuando por fin le dieron permiso para retirarse, a Alanna le hervía la sangre. Independientemente de su resolución, no era agradable que la despacharan de aquel modo, que la trataran como si no tuviera ninguna importancia.

Subió a su habitación y cerró la puerta con fuerza. No se permitiría llorar. No le concedería esa victoria a Niamh Harrington.

Entró en el cuarto de baño con furia y empezó a llenar la bañera, en la que echó una cantidad generosa de esencia de gardenias antes de desnudarse y recogerse el pelo en la parte de arriba de la cabeza.

Se introdujo en el agua, cerró los ojos y apoyó la cabeza en la pequeña almohada de toalla pegada a la parte trasera de la bañera. Sintió que el calor invadía cada centímetro de su cuerpo y se fue relajando poco a poco.

Permaneció allí, añadiendo agua caliente de vez en cuando, hasta que recuperó la calma e incluso consiguió sonreír pensando lo que tendría que contarle a Susie, algo alterado, por supuesto, sobre todo en lo referente a Zandor Varga y su anterior encuentro.

Se secó con una toalla muy suave, se hidrató con loción corporal de azalea, se envolvió en otra toalla y volvió al dormitorio, soltándose el pelo por el camino.

–¡Ah! –musitó Zandor–. Estás ahí.

Estaba de pie en la puerta del dormitorio, apoyado en el marco.

Alanna se sobresaltó.

–¿Cómo te atreves a venir aquí? Márchate enseguida.

–Solo he venido a devolverte eso –dijo él. Señaló la cama y Alanna vio el jersey que se le había caído cuando galopaba por el prado–. Y no hace falta que me des las gracias –la miró con interés–. Me siento suficientemente recompensado.

Ella se sonrojó.

–En ese caso, ten la amabilidad de marcharte. Me gustaría vestirme.

–Pues hazlo –repuso él–. Después de todo, verte vestirte es una de las pocas cosas que no he disfrutado todavía en tu compañía.

–O te vas o empiezo a gritar con todas mis fuerzas.

Él enarcó las cejas con burla.

–Sería un poco extremo con alguien a quien supuestamente solo conoces desde hace veinticuatro horas –comentó–. ¿Cómo lo explicarías?

–No sería necesario –repuso ella, desafiante–. Tu fama con las mujeres habla por sí misma.

–No –contestó él con suavidad–. Pero los cotilleos sí. Mi prima Joanne ha estado ocupada.

–O quizá habla por experiencia –musitó Alanna.

–No –el tono de él era duro–. Admito que lo pensé en cierto momento, pero luego recordé que en otro tiempo le tuve aprecio.

Alanna lanzó un resoplido.

–Mientras que conmigo no tenías esa excusa.

–No –dijo él–. Contigo no tenía ninguna excusa –se enderezó y se apartó de la puerta.

Alanna se encogió.

–No te acerques. No te atrevas a tocarme.

–Ahora eres ridícula –él miró su reloj–. Falta menos de una hora para el almuerzo. No es tiempo suficiente para mí. Como seguro que recuerdas.

–¡Vete al infierno! –gruñó ella.

Él abrió la puerta y la miró.

–«Si esto es el infierno, tampoco yo estoy fuera». Seguro que reconoces esa cita.

Y se marchó, cerrando la puerta tras de sí.

Alanna permaneció un momento donde estaba y después se acercó a la puerta y giró la llave en la cerradura.

Cuando por fin bajó las escaleras, era casi la hora del bufé de mediodía en la terraza. Se había puesto una falda de algodón de color caqui y un top beige de manga corta. Llevaba el pelo cepillado hacia atrás y recogido en la nuca con un broche de carey.

Para su sorpresa, encontró a Gerard esperándola al pie de las escaleras.

–Ahora iba a buscarte –le dijo.

Ella se encogió de hombros.

–En cambio yo, no habría sabido por dónde empezar a buscarte –miró su reloj–. ¿Llego tarde?

–En absoluto –él hizo una pausa–. De hecho, he pensado que podemos saltarnos el bufé y conducir hasta el pueblo. En el pub hacen buenas empanadas, pero si lo prefieres, hay otros lugares un poco más lejos, en Aldchester –vaciló–. O podemos quedarnos aquí.

Como parecía estar esforzándose, Alanna cedió y le sonrió.

–Una empanada y una sidra me sentarían de maravilla.

Gerard le devolvió la sonrisa.

–Y hace un tiempo ideal para ir en descapotable. Puedo pedirle a Zandor que me preste su Lamborghini.

–¡No! –exclamó ella, pero enseguida se dio cuenta de que su negativa había sido demasiado rápida–. Me gustas mucho tu Mercedes.

–Sobre gustos no hay nada escrito –comentó él con buen ánimo–. Pero tú decides, así que vámonos.

El pub del pueblo de Whitestone se llamaba El Retiro del Abad.

–La tradición dice que en otro tiempo había una ermita en este lugar, un lugar al que venían los monjes a orar y buscar soledad. Y en el sótano han encontrado restos de un edificio muy anterior –explicó Gerard.

Las empanadas eran sustanciosas, con rodajas de jamón curado y queso maduro, verduras y base de pan crujiente.

Alanna devoró la suya.

–Una gran idea –dijo, cuando terminó la sidra–. Felicidades.

–Me parecía que tenía que hacer algo –admitió Gerard, con aire culpable–. El fin de semana no está yendo como había planeado. Parece que estoy siempre a las órdenes de alguien. Pero eso se va a terminar. A partir de ahora, seremos tú y yo frente al mundo.

Alanna sintió una punzada de alarma.

—No sé a qué te refieres.

Él le tomó una mano.

—Sé que es muy pronto, pero quiero que nos prometamos.

Ella lanzó un respingo de sorpresa.

—Pero si apenas nos conocemos —protestó.

—Si lo dices porque no hemos tenido relaciones íntimas, es verdad —él vaciló—. Cuando entraste en mi vida, estaba en un mal momento. Y a medida que te iba conociendo, tenía la impresión de que tú habías estado en una situación parecida. No te he preguntado por ello ni he hablado de mis problemas porque he llegado a comprender que no se gana nada regodeándose en los errores pasados.

Alanna tragó saliva.

—En eso estoy de acuerdo. Pero Gerard...

—Por favor, escúchame —él le apretó los dedos—. De momento solo te ofrezco un compromiso, no quiero presionarte para casarte... ni para ninguna otra cosa. Espero que podamos ser felices juntos, si nos damos esa oportunidad.

Ella lo miró a los ojos.

—Pero hay otras personas que no serían felices con eso.

—Lo dices por la abuela —Gerard apretó los labios—. La quiero mucho, pero tiene que darse cuenta de que no puede seguir controlando mi vida.

Alanna no estaba segura de eso, y sí de que la idea de aquel compromiso era un camino que no quería seguir. Aunque hubiera estado enamorada de él, veinticuatro horas en la abadía habrían bastado para que se lo pensara dos veces y saliera huyendo. Por muchas razones.

Pero no sería amable decírselo así.

—Esto es una gran sorpresa —musitó—. Tienes que darme tiempo. Pensémoslo bien.

—Tómate todo el tiempo que necesites. Como ya he dicho, no intentaré cambiar nuestra relación ni empujarte a nada para lo que no estés preparada. Simplemente veamos cómo va, ¿te parece?

—De acuerdo —Alanna vaciló—. Pero no prometo nada. No puedo. Tienes que entenderlo.

Cuando volvían hacia el coche, estaba mareada. La propuesta de Gerard la había dejado atónita, aunque probablemente explicaba la actitud posesiva que había mostrado desde que empezara el fin de semana.

Y seguro así había hecho que a Niamh Harrington le sonaran campanas de alarma.

Pero eso carecía de importancia. Decidió que, en la fiesta de esa noche, sería una novia muy devota y entregada. Y al diablo con las consecuencias.

Capítulo 6

¡QUÉ VESTIDO tan maravilloso! –exclamó Joanne con reverencia.

Alanna le sonrió.

–Me alegro de que te guste.

Tenía que admitir que el color suave brillaba incluso con la luz pálida de su ventana, y se pegaba en todos los lugares adecuados.

–Quiero que Gerard se sienta orgulloso de mí esta noche.

–Explotará de orgullo –Joanne soltó una risita traviesa–. Y la honorable Felicity también explotará, pero no de orgullo.

–¿Felicity? –preguntó Alanna.

–La única hija de lord Bradham. Forrada de dinero y muy mimada –alzó los ojos al cielo–. Gerard y ella tuvieron algo de adolescentes y la abuela intenta revivirlo periódicamente. Pero a él no le interesa nada, así que no tienes de qué preocuparte.

–No estoy preocupada en absoluto –le aseguró Alanna.

–Además, mi padre siempre dice que, si la abuela consiguiera lo que quiere, no tardaría en arrepentirse. Felicity dirige una agencia de alquiler para visitantes extranjeros ricos –Joanne sonrió–. Él cree que, en cuanto se casaran, construiría un anexo para la abuela y alquilaría la abadía por mucho dinero a algún oligarca extranjero.

–No creo que Gerard permitiera eso –comentó Alanna.

–Eso lo dices porque no conoces a Felicity –Joanne miró su reloj–. Pero más vale que bajemos. La gente llegará pronto y a la abuela le gusta que esté toda la familia reunida para recibirla.

Gerard las esperaba abajo en el vestíbulo. Las miró a las dos, les dijo lo hermosas que estaban y les ofreció un brazo a cada una para escoltarlas hasta el salón.

–¡Ah! –exclamó Niamh Harrington–. Por fin llegan las últimas –les sonrió–. Pero ha valido la pena la espera.

Pero a Alanna no se le escapó el brillo acerado de sus ojos, el gesto imperioso con el que llamaba a Gerard a su lado ni el altercado que siguió en voz baja.

Sin embargo, los Dennison le sonreían, así que se retiró con prudencia de la línea de fuego y se reunió con Joanne, justo cuando empezaban a llegar los primeros invitados.

El salón se llenó pronto. Los camareros contratados para la ocasión circulaban entre la gente con bandejas llenas de bebidas y canapés. Y como todos los invitados eran personas de la zona, que ya se conocían, las conversaciones y risas fueron subiendo de nivel sin problemas.

En cierto momento, Alanna vio a Zandor a través de la multitud y él alzó su vaso en un saludo burlón.

Ella se giró bruscamente y casi chocó con una chica alta, delgada como un insecto palo, que llevaba un vestido azul pálido y el pelo de color caoba recogido en un moño muy florido encima de la cabeza.

—¡Ah, hola! —dijo la chica—. No te había visto antes. Supongo que eres amiga de Joanne, que parece haberse evaporado. Dile que sigo esperando que me llame ese periodista amigo suyo. Han pasado semanas y no he sabido nada.

Y se alejó sin añadir nada más.

—Esa es la querida Felicity —dijo Joanne, que surgió de pronto de la nada.

Alanna sonrió.

—¿Te habías escondido?

—Claro. Me he metido detrás del sofá cuando la he visto venir. Está haciendo campaña para que la nombren Mujer de Negocios de la Década o algo así y cuando se enteró de que yo salía con un periodista del *Chronicle*, empezó a darme la lata para que la entreviste por su increíble éxito. Chris me dijo que la publicidad es siempre de pago, pero no quiero decirle eso.

Alanna asintió.

—Nosotros tenemos el mismo problema promocionando autoras. Tiene que haber una historia aparte de la que han escrito.

—La historia de Felicity solo consta de una palabra: «Yo».

Alanna suspiró. Había confiado en que Gerard se reuniera con ella en algún momento, pero él seguía de pie con rostro impenetrable al lado del sofá de su abuela y era cvidente que eso no iba a ocurrir. Evidencia que se vio reforzada cuando los lugares a los lados de la señora Harrington fueron ocupados por Felicity y por un hombre alto de cabello gris que Alanna supuso que sería su padre.

La fiesta llegó a su clímax cuando apareció una gran tarta de cumpleaños en un carrito y Niamh Harrington la cortó ceremoniosamente para que sirvieran trozos a los invitados.

Con la tarta llegó una enorme cesta de flores.

–La pagan los del pueblo –susurró Joanne–. ¿No te resulta muy feudal?

Y la entregó lord Bradham, que lideró también la canción *Es una chica excelente*.

Cuando se retiraron los invitados, Alanna se recordó que ya solo tenía que soportar la cena familiar.

Como esperaba, su asiento estaba de nuevo lo más lejos posible de Gerard y notó con regocijo que Felicity se había sentado a su lado. Ella, Alanna, estaba en la misma compañía agradable de la noche anterior, lo cual le gustaba, y lejos de la mirada vigilante de la señora Harrington, que le gustaba aún más.

Ya solo tenía que intentar ignorar la presencia de Zandor, que estaba sentado entre Caroline Healey y la madre de Gerard en el extremo opuesto de la mesa.

La cena empezó con sopa de aguacate fría, siguió con salmón escalfado con mayonesa, pato en salsa de cereza y pasteles de queso con vainilla y toffe esponjoso.

Gerard le había explicado que después del postre habría una pausa antes del café para hacer un brindis y que su abuela abriría los regalos que esperaban en una mesita lateral.

Cuando Gerard se levantó con una copa en la mano, se hizo un silencio expectante. Habló breve y cariñosamente de su abuela y propuso un brindis a su salud. Todos se levantaron y le desearon feliz cumpleaños, después de lo cual se sentaron de nuevo, todos menos Gerard.

Este carraspeó y sonrió.

–Ahora quiero proponer otro brindis. Y espero que sea también otra sorpresa feliz por el cumpleaños de la abuela –hizo una pausa–. Alanna y yo nos hemos prometido esta tarde. Y quiero que todos deis la bienvenida a la familia a mi prometida y bebáis por nuestra futura felicidad.

La sorpresa que recorrió la habitación resultaba casi tangible y, si la protagonista hubiera sido otra, Alanna quizá lo habría encontrado gracioso.

Pero como era ella, tenía la curiosa sensación de que se había convertido en piedra. Quería levantarse y gritar que no era cierto, que ella jamás aceptaría ese compromiso. Pero parecía haberse quedado clavada en su silla.

No era la única. Niamh Harrington estaba rígida y pálida. Y en el lado opuesto de la mesa...

Alanna miró a Zandor a su pesar y vio que tenía los labios apretados. En su mirada había sorpresa, rabia y algo que se parecía insoportablemente a la lástima, mezclada con desprecio.

Él movió un poco la cabeza, como si quisiera enfatizar su advertencia de esa mañana. «Eso no va a pasar».

Alanna aceptó el reto. ¿Cómo se atrevía a mirarla así? ¿Qué derecho tenían, ni él ni ninguno de los presentes, a juzgarla?

·   ¡Al diablo con todos ellos! Se levantó, caminó hasta donde estaba Gerard y lo tomó del brazo.

—Querido —musitó—. Creía que íbamos a esperar, a guardar nuestro secreto una temporada —alzó el rostro sonriente para que él la besara en la boca.

Maurice Dennison se levantó de la silla y rompió el silencio que siguió.

—Felicidades, muchacho, y todos nuestros mejores deseos, querida —dijo con buen ánimo—. Nos alegramos muchísimo por los dos. ¿Verdad, que sí?

Pasó la mirada alrededor de la mesa y los demás fueron repitiendo «Por Gerard y Alanna» y bebiendo de su copa. Zandor, el último de todos, se limitó a alzar su copa con un gesto negligente.

Una hora después, Alanna se enfrentó a Gerard en la terraza, con la excusa de un paseo romántico a la luz de la luna.

—No puedo creer que hayas hecho eso. Creía que teníamos un acuerdo.

—Y lo tenemos. Juro que eso no ha cambiado —él extendió las manos—. Pero no tienes ni idea de la presión que tenía encima.

—Sí la tengo, pero esta vez he decidido dar precedencia a mi aversión innata a que me utilicen.

—Pues gracias de todos modos por haberme seguido la corriente.

—¿Y qué iba a hacer, llamarte embustero delante de tu familia? —Alanna suspiró—. ¡Oh, Gerard, qué lío!

—No tiene por qué ser así. Mi sugerencia de que nos prometiéramos era sincera. Y eso será lo que ocurra. Tenemos que darnos una oportunidad.

–No es fácil, con la mitad de tus parientes preguntando si ya hemos fijado la fecha y la otra mitad actuando como si te hubieras vuelto loco –repuso ella con amargura–. Y como no tengo ninguna intención de volver con ellos, ¿puedes acompañarme a la puerta lateral para que suba directamente a mi habitación?

–Sí, si es lo que quieres –Gerard hizo una pausa–. Pero puede que les resulte raro.

–En ese caso, encajará perfectamente con los demás sucesos de la noche –dijo Alanna con frialdad.

Una vez en su dormitorio, cerró la puerta, se quitó el vestido, lo colgó con cuidado, se puso la bata y se tumbó en la cama a mirar el techo y recapitular lo que había ocurrido.

Después del anuncio de Gerard, la apertura de los regalos había resultado casi un anticlímax.

Niamh, por supuesto, había dado muestras de alegría y cuando desenvolvió el marco de fotografía de Alanna, lo observó un momento en silencio.

–¡Qué considerada! –había exclamado–. Lo reservaré para una foto de tu boda, querida muchacha.

Alanna había sonreído sin decir palabra.

Al volver al salón para el café, Joanne se había acercado a abrazarlos a Gerard y a ella.

–¡Qué calladito lo teníais! –había dicho–. Por cierto, Felicity y su padre se han excusado y se han ido a casa. A la abuela no le gustará eso, pero Zandor se marcha también, lo cual seguramente la compense por lo otro.

Se había alejado con la gracia de una libélula y Alanna había pensado en Zandor regresando solo en su Lamborghini y decidido que al menos tenía algo por lo que estar agradecida. Aun así, no había podido evitar preguntar:

—¿Tu primo tenía que irse esta noche?

—Va y viene como le place —Gerard se había encogido de hombros—. Seguramente tendrá algo importante en alguna parte. Tiene intereses en medios de comunicación, en la industria turística y es el dueño de la cadena de restaurantes Alphamaro. Bazaar Vert es solo una pequeña parte de su imperio.

Alanna no había tenido tiempo de pensar en aquello porque todos los demás querían decirles algo, con distintos niveles de cordialidad. Meg Harrington se había limitado a un frío:

—Te deseo suerte.

—Muchas gracias —había contestado Alanna con una sonrisa.

Después, ya a solas en su habitación, pensó que, en el viaje de vuelta del día siguiente, Gerard y ella tendrían que buscar buenas razones para no anunciar el compromiso en la prensa ni dar una fiesta de compromiso. Posiblemente podría aducir presiones en el trabajo y la incertidumbre sobre el futuro de Hawkseye como excusa para retrasar un anuncio formal.

¿Pero qué le diría a Susie, que en doce horas más querría conocer todos los detalles del fin de semana?

Por supuesto, siempre podía anularlo todo y decir que, después de consultar con la almohada, había cambiado de idea y decidido que aquello era imposible.

Solo que eso sería una victoria para Niamh Harrington y para el otro nieto suyo que había vuelto a su vida como una granada no explotada para amenazar con destruir su tranquilidad.

«Si esto es el infierno, tampoco yo estoy fuera».

De pronto Alanna recordó dónde había oído antes esas palabras. En la obra *Doctor Fausto*, de Marlowe, cuando Mefistófeles, tentado por el demonio, pronunciaba ese lamento angustiado al ser expulsado del cielo.

Desde entonces, ella había sucumbido también a otro tipo de tentación y el paraíso que había perdido era su paz mental.

Y mientras mantuviera una conexión, por tenue que fuera, con la familia Harrington, no la recuperaría.

Pero había tomado una decisión y la cumpliría. Después de todo, no sería mucho tiempo y quizá la marcha de Zandor era una buena señal, una aceptación de su derrota que indicaba que sus caminos no volverían a cruzarse.

Pero cuando se metió en la cama, no pudo conciliar el sueño. Daba vueltas en vano, buscando una posición más cómoda. Aquella noche con Zandor se había ido, había hecho lo único que podía hacer, y él la había dejado marchar.

Entonces, ¿por qué luego lo había estropeado todo?

Ya no podía usar el champán como excusa porque, si había de ser sincera, había bebido mucho más en varias fiestas universitarias y había salido ilesa.

¿Por qué había sido distinto en esa ocasión?

Alguien había dicho una vez que comprenderlo todo era perdonarlo todo, y quizá eso era lo que tenía que hacer si quería arreglar alguna vez su autorrespeto roto.

Desde ese momento había decidido creer que Zandor era un depredador peligroso y ella había sido demasiado inexperta para esquivarlo. Se había aferrado a esa convicción, pero en realidad solo tenía que haber entrado en el ascensor y no haberlo hecho no la convertía automáticamente en una víctima ni a él en un villano.

Había extendido el brazo para pulsar el botón del ascensor, pero luego había mirado atrás y todo había cambiado.

Porque él estaba allí, mirándola en silencio desde el umbral, y ella había sabido de pronto que nunca había visto a nadie tan solo.

Y había corrido a echarse en sus brazos, a entregarse al momento, a responder a los besos de Zandor y dejarse llevar hasta la cama.

Él la había tumbado en el centro del lecho y había seguido besándola sin prisa, acariciándola, haciendo que se estremeciera de placer incluso a través de la ropa.

Así que, cuando le bajó la cremallera del vestido y se lo quitó por completo, el suspiro de ella fue de aceptación, no de protesta, porque quería y necesitaba la ternura del contacto de él en su piel desnuda.

Y lo vio sonreírle y decirle en silencio que no solo reconocía su necesidad, sino que también la compartía.

Le acarició con delicadeza el rostro y bajó los dedos por su garganta para rozar sus hombros desnudos y la suave vulnerabilidad de sus axilas antes de trazar un camino lento por los montículos delicados de sus pechos, donde sobresalían por encima del encierro de encaje del sujetador.

Alanna volvió a suspirar, echó atrás la cabeza y arqueó la espalda por la respuesta irresistible de sus sentidos a la red sutil que él tejía con tanto arte en torno a ellos, primero con las manos y después con los labios.

Casi no fue consciente del momento en el que le quitó el sujetador, solo del exquisito instante en que su boca se cerró en torno al pecho desnudo y succionó con gentileza mientras pasaba la lengua por el pezón y proporcionaba un placer que era casi dolor.

Despertó en ella por primera vez el anhelo profundo y caliente del deseo. Y la inevitable exigencia de que fuera satisfecho.

Y esa noche, tumbada sola en la oscuridad de la abadía, se oyó decir en voz alta con voz entrecortada:

–Yo no sabía. ¡Oh, Dios!, hasta aquel momento no comprendí que...

Capítulo 7

PENSÓ que quizá era esa la explicación, además de su única excusa factible. Que su naturaleza había pensado de pronto que era hora de dejar atrás la inocencia blindada de la infancia y convertirse en mujer.

Y Zandor estaba allí disponible, el hombre equivocado en el momento oportuno. Ambos se habían utilizado mutuamente.

Nada más y nada menos.

Excepto que...

Recordaba sus gemidos de placer sorprendido en brazos de él y se preguntaba si habría sido igual con cualquier hombre. ¿No era ese miedo el que la había hecho aferrarse al celibato desde entonces? Quizá lo más seguro era pensar eso.

Porque cualquier otra cosa era imposible.

Solo que todavía no encontraba la paz del sueño y siguió recordando cómo la había besado Zandor y cómo ella se había ofrecido a él y él había empezado a explorar su calor sedoso, a guiarla con una ternura y un cuidado infinitos por el oscuro laberinto de la excitación plena.

Cuando notó que perdía el control, había querido pedirle que parara, al menos momentáneamente, para recuperar una parte del ser racional que solía ser ella. Para poder pensar.

Pero las palabras le habían fallado y en su lugar había emitido solo un gemido roto, más de súplica que de protesta.

Eso le había advertido que ya era demasiado tarde, que estaba consumida por la intensidad del hambre que él creaba con tanta facilidad, con la sorprendente delicadeza de sus caricias a medida que sus dedos se movían, penetrando despacio pero seguros en el calor intenso de la sensualidad recién despertada de ella, haciéndola retorcerse con un anhelo desesperado contra la mano de él.

Alanna se encontró concentrándose casi ciegamente en las reacciones de su cuerpo a las caricias de él. A la percepción de que cada átomo de su cuerpo se tensaba lenta pero inexorablemente como un puño apretado.

Y con una voz que apenas reconocía como suya, suplicaba que la liberaran de aquella presión exquisita a la que la sometía Zandor.

Luego, en el último momento, él dijo su nombre y su mano se movió con insistencia, cortando el hilo que la ataba a ese tormento frenético y enviándola a un vacío tembloroso con el cuerpo palpitando de un placer salvaje que bordeaba casi con violencia.

Cuando los espasmos estáticos se calmaron, ella lo miró a través de una niebla de lágrimas.

—¡Ah, no! —dijo Zandor con mucha ternura, colocando la cabeza de ella en su pecho—. No llores, querida mía. Mi dulzura.

Pero aquellas lágrimas eran de felicidad.

–Verás –dijo en alto con voz ronca–. Yo no sabía...

–¿Crees que tienes que decirme eso? –él le besó la cabeza.

Y ella se pegó todavía más a él, estirándose con languidez contra la longitud del cuerpo de él y entonces notó que Zandor seguía completamente vestido.

Alanna levantó una mano y empezó a desabrocharle los restantes botones de la camisa, pero los dedos de él se cerraron en los suyos para detenerla.

–Esto no es inteligente –dijo–. Creo que sería más seguro que durmiéramos un poco.

Ella le besó el pecho e inhaló el aroma embriagador de su piel, un olor cálido y limpio con un toque a madera de sándalo.

–Pero no estoy cansada –replicó–. Y tampoco creo que lo estés tú.

Liberó su mano y, desinhibida con la euforia de su primer orgasmo, bajó la mano hasta la cintura del pantalón de él.

–No –dijo Zandor–. ¿Pero estás segura de que esto es lo que quieres?

Ella se echó a reír.

–¿Qué tengo que hacer para convencerte?

–Muy poco –repuso él.

Por un momento pareció que iba a continuar resistiéndose, pero luego se sentó, se quitó la camisa y la tiró al suelo antes de hacer lo mismo con los pantalones. Al fin se quitó los calzoncillos de seda y los arrojó también al suelo.

Desnudo era francamente magnífico y Alanna lo miró maravillada, preguntándose dónde y cómo habría conseguido aquel bronceado integral.

Él la abrazó y apoyó la mejilla en el cabello de ella.

–¿Ahora te gustaría haber elegido la seguridad, Alanna? –preguntó con suavidad.

–No, es solo que... –ella vaciló, insegura de cómo continuar.

–¿Estás nerviosa?

–Sí, un poco.

–Yo también –admitió él–. Verás, esta también es una primera vez para mí.

Ella lo miró fijamente.

–¿Una primera vez? –repitió. Se sonrojó–. ¡Oh!, entiendo –vaciló–. ¿Eso es un problema?

–Solo porque tengo miedo de hacerte daño –él le tomó la mano y se la llevó a los labios–. Solo puedo prometer que intentaré ser gentil.

–Y yo tengo miedo de ser una gran decepción –musitó ella.

Él la abrazó más fuerte.

–¿Y por qué no nos relajamos los dos? –sugirió–. ¿Disfrutamos simplemente del momento y el uno del otro?

Bajó la cabeza y la besó en los labios.

Cuando el beso se volvió más intenso, Alanna se encontró con que un deseo potente e irresistible volvía a embargar sus sentidos.

Se abrazó a los hombros de él para descubrir maravillada la fuerza de los huesos y músculos que había debajo de su piel suave.

El cuerpo de un hombre era territorio inexplorado para ella, pero fue ganando en seguridad al oír que él respiraba fuerte cuando ella bajaba los dedos por sus clavículas y después por la espina dorsal, como si quisiera memorizar cada vértebra.

Se detuvo en la base de la columna y trazó con un dedo círculos tentadores de esa zona sensible. Lo oyó gemir con suavidad y bajó las manos para cubrirle las nalgas y alisar su carne musculosa y estirada con el cuerpo de él estremeciéndose bajo sus caricias.

Alanna quería estar bajo su piel, sentirse fusionada con él, con el misterio viril que era él. Convertirse, de algún modo, en hueso de sus huesos y carne de su carne.

Zandor alzó la cabeza y la miró con ojos nublados por el deseo.

–Ten cuidado, cariño mío. No estoy hecho de hierro –dijo.

–¿No? –ella se apartó un poco. Llevó las manos a sus caderas y luego las movió despacio hacia dentro para acariciarle el vientre plano.

Se permitió rozar la punta aterciopelada de él con un dedo y sintió que el poderoso miembro casi le saltaba en la mano.

–¡Oh, Dios! –la voz de él sonaba casi angustiada–. Alanna, amor mío, tú no sabes lo que me haces.

–Es probable. Pero si cometo un error –respondió ella, bajando lentamente los dedos–, estoy segura de que tú me corregirás.

Su contacto era delicado, casi curioso, con un ritmo propio, pero pronto fue ganando en confianza y se hizo incluso aventurero.

Zandor estaba muy quieto, con los ojos cerrados y las largas pestañas formando una sombra oscura contra su piel, con todo el cuerpo tenso. Todo eso, más las fluctuaciones en su respiración, indicaban que se esforzaba desesperadamente por mantener algún elemento de autocontrol bajo las caricias de ella.

Y Alanna no era, ni mucho menos, inmune a sus reacciones. Temblaba por dentro, con el cuerpo ardiendo por una necesidad irresistible, planeando al borde del colapso total.

Y cuando él se colocó sobre ella, lo guio hacia su calor líquido. Por fin lo sentía donde quería que estuviera, le abría su cuerpo y él la penetraba despacio, con un cuidado infinito, con los brazos apoyados a los lados del cuerpo de ella, mirándola a la cara, alerta a cualquier muestra de incomodidad de ella.

Alanna alzó las piernas y se abrazó a sus caderas, pidiéndole en silencio que entrara más hondo. Que la poseyera plenamente.

–¡Oh, Dios, ángel mío! –exclamó él.

Y respondió al instante, embistiéndola cada vez más hondo, con caricias suaves, pidiéndole con sus movimientos que lo siguiera y bajando la cabeza para que su boca pudiera encontrar de nuevo la de ella en el fuego de la pasión mutua e incontrolada.

Ella se aferró con fuerza a sus hombros y empezaron a moverse juntos en una especie de unísono ciego. Hasta que Alanna alcanzó de nuevo la ineludible espiral del éxtasis.

–Ahora –oyó decir a Zandor.

Y ella estaba allí, en la cima, gritando, para luego caer, consumida, abrumada por las convulsiones de placer que atravesaban su cuerpo.

Oyendo el gemido fiero de él cuando enterró su rostro en la garganta de ella y su cuerpo se estremeció dentro del de ella.

Después ella yació abrazada a él, hasta que desaparecieron los últimos temblores y volvió una especie de paz.

Quería decir algo, pero solo se le ocurría decir «gracias», lo cual sonaría ridículamente infantil.

Alzó una mano y le acarició el rostro desde el pómulo hasta la barbilla.

Zandor le tomó la mano y le mordió suavemente las puntas de los dedos.

—Espero que no estés insinuando que necesito un afeitado —susurró—. Porque ahora mismo no soy capaz de llegar hasta el cuarto de baño.

—No, no es eso —contestó ella—. Creo que simplemente me gusta tocarte.

—Pues no te prives —él hizo una pausa—. Sin embargo, creo que deberíamos dejar de vivir peligrosamente y dormir un poco. Porque mañana, tesoro mío, tú y yo tenemos que hablar en serio.

Alanna aceptó la sugerencia y se quedó dormida casi sin darse cuenta.

Despertó con un sobresalto y yació un momento completamente desorientada, mirando la luz pálida del amanecer entrar en la habitación a través de un hueco en unas cortinas largas que no reconocía.

Notó un movimiento en la cama a su lado, se volvió y vio a Zandor de espaldas a ella, con su piel destacando contra las sábanas blancas.

Y reaccionó con pánico a los recuerdos de la noche anterior.

—Esto no está pasando —susurró para sí—. No puede ser. Esto es una pesadilla.

Pero el débil dolorcillo de su cuerpo indicaba que

era todo cierto. Que había abandonado de pronto sus decididas defensas contra los peligros del sexo por el sexo y se había entregado a un desconocido. Había perdido su virginidad con un ave de paso que vivía con la maleta siempre hecha.

Un hombre que además podía despertar en cualquier momento para tener una «conversación seria» Y quizá más...

Y ella no estaba segura de poder resistirse ni, si había de ser sincera, de querer hacerlo.

Se llevó un puño a la boca para reprimir un gemido de vergüenza.

«Cálmate», pensó. «Olvida lo que has dicho y sal de aquí enseguida. Antes de que te diga que está casado o que solo busca una chica de viernes por la noche. O te pregunte si tomas la píldora».

De pronto sintió mucho miedo. Estaba segura de que no quería oír lo que él tenía que decir.

Y recordó el sueño que la había despertado tan providencialmente.

«Bella», pensó con horror. «¡Oh, Dios!, estaba soñando con Bella».

Se acercó con cuidado al borde de la cama y puso los pies en el suelo. Recogió su ropa con el corazón latiéndole con fuerza, salió de puntillas a la sala de estar y se vistió rápidamente y con torpeza, atenta a cualquier ruido de peligro procedente del dormitorio.

En la calle hacía frío y Alanna se arrebujó en su chaqueta y se esforzó por orientarse y encontrar la parada de autobús o de metro más próxima.

Mientras dudaba, un taxi negro se detuvo a su lado. Llevaba el piloto de libre apagado, pero el ta-

xista, un hombre de edad mediana, se dirigió a ella
con el ceño fruncido.

—Es un poco temprano para estar sola, señorita.
¿Cuál es el problema? ¿Ha discutido con su novio?

—Algo así –contestó Alanna a la defensiva.

—Voy para casa –dijo él–, pero si no me desvía
mucho de la dirección a Wandsworth, puedo dejarla
en alguna parte.

—Eso sería fantástico.

Él cumplió su palabra, la dejó al final de su calle
y rehusó aceptar ningún pago.

—Me alegra poder ayudar. Espero que alguien
haga lo mismo por mi hija si la encuentran vagando
por ahí a esta hora –el taxista le sonrió–. Y haga que
ese hombre lo pase mal.

Como era domingo, los demás inquilinos no tenían
prisa por levantarse y Alanna no tuvo que esperar para
el cuarto de baño. Subió la temperatura de la ducha
hasta el límite de lo soportable y se frotó de arriba
abajo como si fuera posible alejar así las caricias de él.

¡Ojalá hubiera podido limpiar del mismo modo su
memoria! Volver a sentirse limpia tanto física como
mentalmente. Excepto que era demasiado tarde para
eso. Se había portado como una tonta y ahora tenía
que vivir con las consecuencias.

Como había decidido ser célibe hasta que estuviera enamorada y en una relación estable, no to-
maba anticonceptivos, pues confiaba en su autocontrol para estar segura.

Y eso le había funcionado bien... hasta esa noche.

Respiró hondo. Ese día no quería estar sola. Se vistió unos vaqueros y un top de algodón suelto, llenó un bolso con una camisa de repuesto, un camisón, un cambio de ropa interior y el manuscrito que estaba leyendo, tomó una taza de café solo y una tostada y después de tirar a la basura todo lo que había llevado la noche anterior, se dirigió a la estación de tren.

Una hora después recorría el camino de entrada a la casa de sus padres y, cuando llegó a la verja, vio que había un cartel de «Vendida» en la casa de enfrente.

Aunque todavía era temprano, su madre, ataviada con pantalones de algodón sueltos y una blusa estampada, y con una taza de té en la mano, patrullaba por el jardín delantero, dispuesta a acabar con todas las malas hierbas que osaran asomar entre sus flores.

–Hola, mamá –llamó Alanna desde la verja.

La señora Beckett alzó la cabeza, sorprendida, y se acercó sonriente.

–¡Qué maravillosa sorpresa! Papá estará encantado. Anoche dijo que ya era hora de que nos hicieras una visita.

Alanna abrió la verja y abrazó a su madre.

–Está preparando sándwiches de beicon –dijo la señora Beckett–. Le diré que añada un par más.

–Ya he desayunado –protestó Alanna.

Su madre la miró detenidamente.

–Pues tendrás que volver a hacerlo. Es obvio que has perdido peso y te noto un poco demacrada.

Alanna sonrió.

–Está bien, mamá. Sé cuándo no puedo ganar –echaron a andar hacia la puerta de la cocina–. Veo que se mudan los Eastwood –dijo–. ¿No es algo inesperado?

–Inesperado pero comprensible –la señora Beckett la miró de soslayo–. ¿Sigues sin noticias de Bella?

–Sí, no he sabido nada desde que dejó la universidad –Alanna hizo una pausa–. Pero curiosamente, he pensado en ella hace poco.

–Eso es porque captabas vibraciones –dijo su madre–. Está embarazada.

Alanna se detuvo en seco.

–¿Otra vez? –preguntó, sin poder contenerse–. ¡Oh, no! No pretendía decir eso.

–Pues no eres la primera que lo dice. Bob y Hester están disgustados. Y esta vez piensa tener el niño.

–¿O sea que el padre y ella están juntos?

La señora Beckett la miró.

–Para eso tendría que saber su identidad –dijo con sequedad–. Por eso se mudan sus padres, para echarle una mano –suspiró–. Al parecer, fue alguien a quien conoció en una fiesta. Había bebido, como de costumbre y no intercambiaron números de teléfono ni nombres. Y ahora ha vuelto a estropear su vida por segunda vez solo por una aventura de una noche con un desconocido. ¿Te imaginas?

Abrió la puerta de atrás.

–Harry, mira quién ha venido –dijo a su esposo, ocupado en la cocina. Miró a Alanna–. Vamos, dale un abrazo, querida. No te quedes ahí como si estuvieras clavada al suelo.

Capítulo 8

PERO así clavada al suelo era exactamente como se sentía Alanna. Bella y ella habían ido juntas al colegio. Aunque estaban en el mismo curso y en la misma clase, nunca habían sido íntimas, a pesar de que sus padres eran amigos.

También habían acabado, por pura casualidad, en la misma universidad, aunque Alanna estudiaba Lengua y Literatura y Bella, Historia.

Sus vidas sociales también eran muy distintas. Alanna, tímida por naturaleza, se concentraba en el estudio y Bella, con su belleza rubia despampanante, no había tardado en empezar a vivir la vida.

Había conocido a Charlie Mountney, hijo mayor de un vizconde, ya en tercer curso, y habían empezado a salir.

–Pues espero que se divierta –había dicho la compañera de cuarto de Alanna–. Porque no sacará nada más de Charlie. Cuando termine la universidad, irá a ocuparse de los asuntos de la familia en Staffordshire y se casará con la vecina de al lado –hizo una pausa–. Si Bella es amiga tuya, no estaría mal que se lo advirtieras.

–Yo creo que sí lo estaría –había contestado Alanna con ligereza–. Seguro que Bella sabe lo que hace.

Pero no era así, pues unos meses después, Bella había dejado la universidad y desaparecido, supuestamente a causa de fiebre glandular, mientras que Charlie no había tardado en pasearse por el campus con una guapa pelirroja de segundo.

—Bella se pasó de intensidad —había dictaminado la compañera de cuarto de Alanna—. Y sin compromiso a la vista, jugó la carta del embarazo y Charlie le dijo que se buscara la vida y la plantó.

Se encogió de hombros.

—Volverá uno de estos días, más triste y más sabia.

Pero no había ocurrido, y cuando Alanna había ido a casa de vacaciones, había descubierto que Bella había abortado y a continuación entrado en una depresión aguda. Gritaba constantemente a sus angustiados padres que Charlie era el único hombre al que amaría en su vida y les suplicaba que lo llamaran y se lo dijeran, que hicieran que la creyera.

—¿Pero cómo vamos a hacer eso? —había comentado la madre a Alanna, llorando—. Es obvio que eso se acabó. Tiene que aceptarlo y seguir con su vida.

Pero, como después descubrió Alanna, eso era más fácil decirlo que hacerlo. Aunque en su momento, se había preguntado cómo podía haber sido Bella tan tonta como para arriesgar así su futuro.

Pero aquella mañana de un año atrás había descubierto por fin cómo. Había sido consciente de que ella había sido igual de tonta y temeraria y podía haberse quedado embarazada.

En cuanto a Bella, al salir de la clínica, se había mudado a Londres, encontrado un trabajo en publicidad y reiniciado una vida de diversión. Pero las relaciones con sus padres habían seguido siendo tensas, pues los culpaba abiertamente de no haberla disuadido de que abortara.

Mientras Alanna comía el sándwich de beicon en la cocina de sus padres y hablaba animadamente de su trabajo, se daba cuenta de que ella quizá estuviera a punto de ponerlos en la misma situación que había puesto Bella a los suyos.

Después de eso, había soportado diez días de tragedia silenciosa hasta que, milagrosamente, le llegó el período a tiempo.

Y mientras derramaba lágrimas de vergüenza, se había jurado que, si no podía resistir la tentación o si, como en el caso de Jeffrey Winton, quizá emitía las vibraciones equivocadas, a partir de ese momento se alejaría de la tentación e intentaría no emitir ningún tipo de vibraciones.

Pero aquella experiencia la había dejado vulnerable y por eso había aprovechado la oportunidad de irse a vivir con Susie.

Y justo cuando creía que podía volver al mundo real, reaparecía Zandor en su vida, o al menos en la periferia, aunque se juró que sería solo de un modo temporal.

—Atractivo —dijo Susie con aprobación—. De hecho, es muy atractivo. Muy bien, chica —hizo una pausa—. Suponiendo, claro, que quieras estar en esto a largo plazo, porque me parece que no será fácil conocer al tal señor Gerard Harrington y que te costará tiempo y esfuerzo encontrar su lado secreto.

Alanna se sirvió más café. Habría sido más fácil que Susie hubiera estado fuera el domingo por la mañana, cuando Gerard había insistido en llevarle la maleta desde el automóvil.

Su despedida de la abadía había sido bastante silenciosa. Ni la madre de Gerard ni su abuela se habían presentado a desayunar y Alanna lo había esperado en el vestíbulo mientras él subía a despedirse. Joanne la había encontrado allí y había insistido en que intercambiaran números de teléfono y emails.

—Ya eres parte de la familia y tenemos que estar en contacto —había dicho.

Durante el viaje a Londres, Alanna había reiterado su insistencia en que no hubiera más anuncios, ni públicos ni personales, del supuesto compromiso y Gerard había accedido de mala gana, aunque insistiendo en que ella debía tener al menos un anillo de compromiso.

—Pero solo lo llevaré cuando esté con tu familia —había dicho Alanna.

Lo cual esperaba que no ocurriera nunca, pues lo que de verdad necesitaba era salir de esa situación antes de que empeorara aún más.

—Dudo de que tenga un lado así —dijo en ese momento a Susie.

—Todo el mundo tiene algo que ocultar —repuso Susie—. Y este Harrington no es ninguna excepción, ya lo verás.

—Tomo nota —Alanna vaciló—. En cuanto al largo plazo, eso todavía es debatible. Por el momento necesito concentrarme en mi trabajo, que está pasando por un momento complicado. Por ejemplo, mañana tengo que rechazar un manuscrito bueno de una desconocida para hacerle sitio a uno malo de un escritor famoso. Una perspectiva que no me gusta nada y una batalla que necesitaba haber ganado.

Susie hizo una mueca.

—Suena complicado.

—Y lo es. Tengo que establecerme bien dentro del equipo editorial por si compran la empresa. Y creo que Hetty habría defendido a Gina Franklin mejor que yo. Y habría salido victoriosa.

—No te menosprecies —Susie le dio un ligero puñetazo en el hombro—. Procura ser más positiva. Piensa que a partir de ahora solo te vas a encontrar rosas.

Alanna pensó que las rosas a menudo llegaban rodeadas de espinas. Pero solo le quedaba confiar en que en su caso no fuera así.

El almuerzo con Gina Franklin el lunes fue mucho mejor de lo que había esperado. La chica se llevó una decepción, pero Alanna consiguió convencerla de que el rechazo era únicamente por motivos económicos y, como seguía pensando que el libro se vendería, le recomendó una agencia literaria que buscaba talentos nuevos.

Pero cuando regresó al despacho, la tensión allí resultaba palpable.

—Bookworld acaba de colgar la noticia de que TiMar International ha pujado por nosotros —le dijo Sadie, del departamento de no ficción, en la fuente del agua—. Estaría bien que fuéramos los primeros en enterarnos.

Alanna frunció el ceño.

–¿Quiénes son esos?

–Grandes, siguen creciendo y están basados en Estados Unidos –repuso Sadie–. Su interés principal es la televisión y sus compañías de producción han hecho muchos documentales y series de éxito, pero también tienen intereses en la industria turística y otras cosas. Parecer ser que quieren expandirse a la publicación de libros, lo cual puede ser una buena noticia para nosotros o puede no serlo –suspiró–. Supongo que habrá que esperar para verlo.

–Sí –respondió Alanna–. Supongo que sí.

Pero pasara lo que pasara, tenía intención de seguir formando parte del equipo.

Una de esas noches, al salir del trabajo, encontró a Gerard esperándola en recepción.

–Hola. Confiaba en que pudiéramos cenar juntos –dijo.

–Esta noche no –ella señaló el maletín de piel que llevaba colgado al hombro–. Tengo que hacer unas lecturas preliminares lo antes posible.

–¿Y qué tal una copa preliminar, pues? –Gerard sonrió–. Tenemos que hablar.

Alanna se esforzó por sonreír a su vez.

–Está bien. Una copa.

Cuando se sentaron en un bar, tomó un sorbo de su *spritz* de fruta y preguntó:

–¿Qué es eso tan urgente?

Gerard observó el color de su vaso de Cabernet Sauvignon y frunció el ceño.

–Mi tía Caroline me ha llamado dos veces preguntando por qué nuestro compromiso no se ha anunciado todavía en la prensa. Confía en que eso signifique

que hemos entrado en razón y reconsiderado todo el asunto.

—Entiendo —Alanna hizo una pausa—. ¿Y qué le has dicho?

—Que antes teníamos que informar a tus padres, pero que están en el extranjero —hizo una mueca—. Otra mentira. Parece que tengo aptitudes para eso.

Ella se mordió el labio inferior.

—Quizá sea hora de decir la verdad.

—En cuyo caso, quedaremos los dos como idiotas y yo habré vuelto a la casilla de salida —Gerard negó con la cabeza—. No, creo que debemos seguir con el compromiso, lo que implica que hables con tus padres. ¿Los vas a ver pronto?

—Pensaba ir este fin de semana —contestó ella—. Por eso quería aligerar con el trabajo.

—Buena idea. ¿Voy contigo?

—¡Santo cielo, no! —Alanna notó por la expresión de él que había sido muy vehemente e intentó atemperar su respuesta—. Perdona, pero casi no saben que existes, solo que salgo con alguien. Tengo que preparar el terreno.

—De acuerdo —se conformó él—. Pero mi tía Caroline nos ha invitado a cenar la semana que viene. Ha sugerido viernes o sábado. ¿Qué prefieres?

«Prefiero lanzarme de cabeza a un estanque de pirañas», pensó ella.

—Es muy amable por su parte —dijo en alto—. Yo puedo ambas noches. Elige tú.

—Pues iremos el sábado. Pero antes tenemos que comprar un anillo. Esperará que lo lleves.

—Supongo —ella pensó un momento—. Mi abuela me

dio su anillo de compromiso, un diamante con ópalos. Está en casa de mis padres, me lo traeré.

—Estoy más que dispuesto a comprarte algo apropiado —dijo él.

—Tal y como están las cosas, no —contestó ella con firmeza—. Pero eso puede cambiar.

—Muy bien —repuso él—. Lo haremos a tu modo... De momento.

El viernes por la tarde hubo una reunión en la editorial que se prolongó interminablemente, gracias a Louis, que estaba empeñado en colocarse como futuro director de ficción bajo el nuevo régimen y convertía hasta las decisiones más pequeñas en un debate completo.

Alanna, furiosa, se vio obligada a cambiar de planes y tomar el tren del sábado por la mañana.

Hacía una mañana hermosa, cálida y soleada, y en el paseo desde la estación, empezó a notar que desaparecían las tensiones de la última semana.

Cuando se acercaba a la casa, oyó voces en el jardín de atrás. No le sorprendió. Sus padres tenían muchos amigos. Rodeó la casa y los vio sentados con un huésped en la mesa del césped, tomando café.

Al ver al visitante, se paró en seco. Él se levantó educadamente, alto y flexible, vestido con vaqueros desgastados y camisa polo y miró con ojos brillantes la blusa blanca sin mangas de ella, que había combinado con una falda corta de lino verde oscuro.

—Alanna, querida —dijo su madre—. Ven a conocer al señor Varga. Nos ha visto en el jardín y ha parado el coche para que le indicáramos una dirección. Nos hemos puesto a hablar y aquí estamos.

—Pero, sorprendentemente, creo que su hija y yo nos conocimos hace poco en una fiesta —intervino Zandor con suavidad—. Aunque quizá lo haya olvidado.

Alanna consiguió hablar sin que le temblara la voz.

—Al contrario, señor Varga, lo recuerdo perfectamente —se acercó despacio—, ¿pero qué hace usted en esta zona?

—Buscando casa —dijo él.

Alanna se sentó en la silla que quedaba libre y aceptó la taza de café que le sirvió su madre, confiando en que no le temblara la mano.

—¿Y por qué aquí, en este pueblo dormido? —preguntó, intentando hablar con calma.

Zandor se encogió de hombros, sin inmutarse.

—Digamos que me he cansado de vivir con la maleta hecha.

Ella lo miró desafiante.

—Yo habría creído que preferiría Londres.

—También tendré una casa allí, pero pienso dividir mi tiempo —Zandor miró a su alrededor—. Especialmente en fines de semana como este.

—El señor Varga se dirige a ver Leahaven Manor —intervino la señora Beckett—. Pero se ha equivocado en un giro.

—¡Pero qué extraño que Alanna y usted se conozcan ya! —dijo el señor Beckett, animoso—. Y en una fiesta, lo cual es una buena noticia —miró a su esposa—. Temíamos que se hubiera convertido en una reclusa absoluta, ¿verdad, querida?

Alanna se esforzó por sonreír.

—Papá, eso es una exageración y lo sabes.

—Sabemos lo que hemos visto con nuestros propios ojos y lo que nos ha dicho Susie —replicó el señor Beckett—. Este último año casi no has hecho vida social. Te quedabas en casa entre semana y pasabas casi todos los fines de semana aquí —movió la cabeza—. Eso no es propio de ti. Casi parece que te escondas.

—Tenía mucho trabajo. Y con esto de la absorción, sentía que necesitaba probar mi compromiso con él. Quiero conservarlo, ya lo sabéis.

Se preguntó por qué hacía él aquello. ¿Y qué demonios hacían sus padres admitiendo así en su casa a un desconocido?

—Estoy segura de que le gustará la casa, señor Varga —dijo su madre—. Es una joya de estilo Jorgiano —suspiró—. Es triste que el coronel Winslow haya decidido vender, pero ya era viudo cuando mataron al pobre Toby en Irak, y supongo que pensó que no tenía ninguna razón para seguir aquí.

—Claro —comentó Zandor—. ¿Se ha mudado cerca?

—No, a Australia. Su hija Clare se casó con un criador de ovejas de Nuevo Gales del Sur y ahora tiene nietos allí. Llevaban mucho tiempo intentando convencerlo de que se fuera —hizo una pausa—. Pero no debe pensar que sea una casa infeliz, le prometo que no. Está llena de buenos recuerdos familiares.

Él le sonrió.

—Es usted una buena vendedora, señora Beckett. ¿Quiere continuar el trabajo y acompañarme a la visita? Valoraría mucho una perspectiva femenina.

—Me encantaría, pero esta tarde es la exposición

de arte del pueblo y Harry y yo vamos a ir a ayudar a montarla.

—Pero Alanna podría acompañarlo —intervino el señor Beckett—. Y ofrecer la perspectiva femenina. Y podemos vernos después en el pub The King's Arms para que nos cuente su veredicto mientras comemos.

—Naturalmente, agradecería mucho su compañía —Zandor la miró—. Si ella quiere, claro.

—Seguro que no necesita ayuda externa para tomar sus decisiones, señor Varga —dijo ella con voz tensa.

Él tardó un momento en contestar.

—Pero esta vez apreciaría otra opinión, y además así no volvería a perderme.

Alanna era consciente de que sus padres los miraban expectantes. Su madre, en particular, debía de estar pensando que él podía ser un soltero interesante, así que optó por ceder, principalmente porque era ella la que parecía perdida y no podía hacer nada al respecto. Sonrió como pudo.

—Eso no podemos consentirlo —dijo—. ¿Vamos ya?

Capítulo 9

DE VERDAD te interesa Leahaven Manor o esto es solo acoso? –preguntó ella con frialdad, en cuanto se pusieron en marcha.

–Me interesa bastante–respondió él–. Aunque veo que no te gusta la idea de tenerme de vecino.

–Puedo mantener las distancias –declaró ella–. Aunque hayas conquistado a mis padres.

¿Y aunque vayamos a ser familia? Algo de lo que tus padres no parecen estar al tanto. He dejado caer el nombre de Gerard y no ha habido ninguna reacción. Además veo que no llevas anillo.

–Por favor, no te preocupes por eso –repuso ella, cortante–. Solo esperamos el momento oportuno.

–Por supuesto –comentó Zandor con cordialidad–. Igual que hicisteis el fin de semana pasado. ¿Cómo no se me ha ocurrido eso?

Alanna tardó un momento en volver a hablar.

–¿Cómo has descubierto dónde viven mis padres? –preguntó.

Él se encogió de hombros.

–No ha sido difícil.

Alanna guardó silencio el resto del camino.

Para empeorar aún más las cosas, el agente inmobiliario al cargo de la venta era Jerry Morris, que entonces trabajaba en la empresa de su padre, pero que la había perseguido de tal modo durante unas vacaciones de verano, que ella había terminado por darle una patada fuerte en la espinilla.

La miró con curiosidad y Alanna estaba segura de que comentaría aquello con los parroquianos del pub esa noche. Pero se mostró brusco y profesional cuando los precedió hasta la puerta principal con su pórtico de columnas.

Alanna se quedó un poco atrás, admirando la calidez del ladrillo rojo de la casa y sus líneas clásicas, tan parecidas a la casa ideal que dibujaba de niña, excepto por las buhardillas del tercer piso, que habían albergado a los sirvientes. «Mis sueños nunca llegaron tan lejos», pensó.

Habían sacado todos los muebles y había ya una sensación de falta de uso en las habitaciones vacías, pero no olía a cerrado ni a humedad.

Zandor habló poco, pero sus ojos plateados observaron atentamente las paredes, las vistas desde las ventanas sin cortinas y los estantes de roble vacíos en la biblioteca que había en la parte trasera de la casa.

Una puerta forrada de paño verde, de las que se usaban antiguamente para separar la zona de los señores de la de los criados, llevaba a la anticuada cocina, con el fregadero y las despensas adyacentes, así como un cuarto para botas y otro para armas.

—Todo esto necesita una remodelación, claro, pero pensamos que eso se refleja en el precio —dijo Jerry Morris—. La puerta de enfrente se abre al patio de los establos y hay un arco que lleva al jardín de la cocina y un pequeño huerto. ¿Tiene usted caballos, señor Varga?

–Uno, pero pienso tener más.

–Excelente. En cuanto a dormitorios, hay seis en total en la primera planta, uno con baño incorporado y otro que se usó en otro tiempo como cuarto infantil –miró a Alanna–. ¿Vamos a echar un vistazo?

–Creo que yo prefiero dar un paseo por fuera –repuso ella con frialdad. Y esperó a que Jerry le abriera la puerta de atrás.

Fuera se detuvo un momento a respirar hondo mientras miraba los establos vacíos y los visualizaba ocupados por cabezas de caballos que la observaban acercarse con un puñado de zanahorias o manzanas.

El jardín le pareció muy descuidado y lleno de maleza. Su padre lo pasaría muy bien realizando una operación de salvamento allí. ¡Lástima que no fuera a tener esa oportunidad!

Miró hacia atrás con un suspiro. La casa era encantadora, espaciosa sin resultar abrumadora, y solo necesitaba cuidados amorosos para volver a ser espectacular.

Entró en el huerto, que había sobrevivido bien y prometía una buena cosecha de manzanas en un par de meses más. ¿Pero quién estaría allí para recogerlas?

La hierba resultaba seca y mullida bajo los pies. Uno de los árboles, el más grande, tenía un columpio de madera con cadenas atado a una de sus ramas nudosas. Alanna se permitió soñar un momento con niños corriendo por allí. Y cuando se dio cuenta de que el sueño incluía también un hombre moreno de ojos plateados, se sacudió mentalmente.

Zandor pronunció entonces su nombre y ella se volvió.

—No has estado mucho en los dormitorios —comentó, cortante.

—He visto lo que tenía que ver.

Alanna alzó la barbilla.

—Pues si hemos terminado aquí, quizá podamos irnos.

—¿A qué viene tanta prisa?

—Para empezar, el señor Morris pude tener otros clientes genuinos esperando.

—¡Ah! —exclamó él—. O sea que has decidido que la casa no es para mí.

—Creo que los dos lo sabemos —ella vaciló—. Esta es una casa familiar, un lugar para echar raíces, y tú eres un ave de paso. ¿Cuánto tardarás en empezar a largarte de nuevo?

Él entrecerró los ojos.

—¿Por eso estás enfadada conmigo? ¿Porque crees que después de nuestra noche juntos, me largué a seguir con mi vida?

—Fui yo la que se marchó —le recordó ella.

—¿Y crees que yo acepté eso? —Zandor negó con la cabeza—. Estás muy equivocada. Fui en tu busca en cuanto volví de Estados Unidos. Fui a la librería, pero había cambiado de manos y el nuevo dueño no sabía nada de una ayudante que había estado presente en una firma de libros. Como no tenía más información, no sabía por dónde empezar a buscar.

«Vino a buscarme», pensó ella. Pero lo que dijo fue:

—Es obvio que no aceptas bien el rechazo.

–No tomamos precauciones –contestó él con suavidad–. No me agradaba quedarme en la ignorancia si había consecuencias.

–Por suerte, no hubo ninguna –respondió ella, apartando de su mente aquellos diez terribles días de incertidumbre–. Pero si hubiera habido un problema, habría lidiado con él. No me habría agradado ningún intento de intervención.

Supo enseguida que había cometido un error, antes incluso de ver el brillo helado de sus ojos y el rubor oscuro de sus pómulos.

Él la agarró por los hombros, la atrajo hacia sí con brusquedad y la besó en la boca con una exigencia inmisericorde que despertó todos los sentidos de ella.

Su instinto le aconsejó que no atizara su rabia resistiéndose, sino que soportara el embate con los brazos a lo largo del cuerpo, atrapada entre él y la corteza dura del árbol que tenía detrás. Que esperara a que pasara la tormenta y volviera a imperar la razón.

Lo cual no sucedió pronto.

Pues descubrió a su pesar que la presión de la boca de él y la invasión de su lengua, aunque brusca, provocaba en ella una chispa de respuesta tan inesperada como poco bienvenida.

Y esa misma chispa se volvía de pronto muy urgente a medida que el calor de la piel de él penetraba en las capas de ropa que los separaban, hasta los pechos de ella, su vientre y sus muslos, creando la perturbadora ilusión de que ambos estaban desnudos.

Alanna emitió un gemido, mitad protesta y mitad

deseo, que se perdió en la profundidad del beso de él, que iba cambiando de la furia a la insistencia de la pasión.

Casi sin querer, le echó los brazos al cuello y lo estrechó contra sí como si buscara que quedaran unidos. Que la absorbiera y fuera de nuevo parte de él.

Zandor le desabrochó los botones de la blusa y le acarició los pechos y ella tuvo la sensación de estar encerrada con él en un capullo de quietud, perturbado solo por el susurro de las hojas encima de ellos, el arrullo lejano de una paloma y el murmullo ronco de sus respiraciones.

Y entonces llegó la voz de Jerry Morris desde la verja:

–¿Señor Varga? ¿Está usted ahí? Porque quisiera cerrar ya la casa, a menos, claro, que desee echar otro vistazo. ¿Señor Varga?

Zandor la soltó y ocultó el cuerpo medio desnudo de ella con el suyo.

–No, no es necesario –contestó–. Enseguida estoy con usted.

Alanna lo oyó respirar con fuerza y luego lo vio alejarse sin prisa entre los árboles. Ella se abrochó la blusa y se dijo que la interrupción la había salvado milagrosamente de otro desastre en potencia.

Y lo peor era que, en solo unos momentos, había pasado de la hostilidad a estar muy dispuesta, y él lo sabía.

Era suya para cuando quisiera tomarla y podría haberla desnudado y poseído allí mismo, sobre la hierba, sin que ella hiciera el menor esfuerzo para evitarlo.

¿En qué la convertía eso? ¿En un juguete sexual

controlado por sus hormonas que él podía usar y descartar a voluntad?

¿O su comportamiento era solo una aberración temporal y nada más? Como se había esforzado por creer todos esos meses.

Pero ahora sabía que no era así. Que Zandor estaba en su piel, en sus huesos, en su sangre. Era una increíble y terrorífica parte de ella que tendría que extirpar para poder seguir con su vida.

Volvió al patio de los establos y encontró un sendero de grava que iba por el lateral de la casa hasta el aparcamiento.

El coche de Jerry Morris había desaparecido y Zandor la esperaba al volante del Lamborghini. Alanna se acercó al vehículo y él se inclinó a abrirle la puerta del acompañante. Como ella había dejado el bolso y el billetero en su casa, no tuvo más remedio que entrar.

—Por favor, créeme que yo no pretendía esto —musitó él, cuando se pusieron en marcha.

—¿A qué te refieres concretamente? ¿A engañar a mis padres, obligarme a acompañarte aquí o dejar que Jerry Morris, el mayor cotilla del pueblo, te viera desnudándome? —preguntó ella.

Casi no reconocía la fealdad de su voz. La fealdad de las palabras. Pero se dijo que era la única respuesta posible.

—No ha visto nada —contestó él con calma—. Pero tenemos que hablar, y me pareció que este podría ser el lugar indicado. Territorio neutral.

—No hay ningún lugar bueno. Y yo no quiero oír nada de lo que tengas que decir.

–Quizá quiera hablar de tus propias palabras. ¿O las has olvidado? ¿Te las recuerdo?

–¡No! –exclamó ella, con pánico–. Eso es agua pasada. ¿Cuántas veces tengo que decírtelo? Créelo ya y acepta por fin que no quiero volver a verte nunca.

–Eso puede ser un problema en el futuro cercano.

Ella lo miró fijamente.

–¿En reuniones familiares? –preguntó con desprecio–. No me parece que seas el invitado estrella de tus parientes. Sobre todo si le cuento a Gerard lo que has intentado hoy.

–¿Y qué imaginas que haría él? –preguntó Zandor con dureza.

–¿Porque tú eres el jefe y puedes despedirlo? Siempre puede encontrar otro trabajo.

–Por supuesto. Y tanto él como yo lo sabemos. Pero siempre ha elegido el camino fácil. Y no serás tú la que le haga cambiar de idea, créeme.

–De ti no me creo nada –ella tragó saliva–. El mayor error de mi vida fue aceptar tu ayuda aquella noche en la librería. Pero no volverá a ocurrir.

Después de eso, siguió un silencio, que Zandor terminó por romper.

–Un buen discurso –observó con suavidad–. Y ahora te llevaré a tu pueblo, a menos que quieras empezar a prescindir de mis servicios desde ya. ¿No? –sonrió–. Muy inteligente por tu parte. Pero entiende algo. Esto no acaba aquí.

El pub King's Arms estaba tan lleno como todos los fines de semana, pero los padres de Alanna se habían instalado en una mesa larga cerca de la ventana junto con otros voluntarios de la exposición de arte.

–Todavía no hemos pedido la comida –dijo su madre–, pero ya hemos abierto cuenta en el bar, así que pídete lo que quieras de beber –miró a su alrededor–. ¿Dónde está el señor Varga?

–Creo que tenía prisa por volver a Londres –contestó Alanna.

–¿Pero qué le ha parecido la casa? –preguntó su padre.

Alanna se encogió de hombros.

–Probablemente que necesita mucho trabajo –miró a los demás ocupantes de la mesa–. ¿Alguien quiere más bebida?

No aceptó nadie, así que caminó entre las mesas hasta el único espacio vacío que había en la atestada barra del bar y se apoyó en la madera pulida, mirando sin ver lo que tenía delante.

Cuando se volvía con el vaso en la mano, casi chocó con Jerry Morris.

–¿Qué demonios le has dicho? –preguntó este con furia–. ¿Quieres arruinarme?

–No sé de qué me hablas –Alanna intentó alejarse, pero él le puso una mano en el brazo.

–De tu novio multimillonario, de eso. El trato estaba casi cerrado y ahora llama y dice que no hará una oferta después de todo.

–Pues quizá no seas tan buen vendedor como crees –Alanna se soltó y lo miró de hito en hito–. Y no es mi novio. Ni multimillonario.

–¿Crees que no lo hemos investigado? –él hizo una mueca de desprecio–. No me tomes por tonto. No te tenía por una chica que pierde el tiempo. Y si no sois novios, ¿qué hacías escondida con él en el fondo del huerto? –hizo una mueca de desdén–. A menos, claro, que seas de las que parece que sí para después hacerse la remilgada en el último momento. Después de todo, no sería el primero al que engañas así.

Ella alzó la barbilla.

–¡Caray! Quizá debería llevar un cartel de advertencia. Pero afortunadamente, mi prometido no comparte tu punto de vista.

–¿Prometido? –él miró su mano izquierda, desprovista de anillo–. Has dicho que Varga no es tu novio.

–No es él –Alanna respiró hondo. Ya era demasiado tarde para echarse atrás y Gerard al menos estaría contento–. Soy la prometida de su primo, que ya tiene una casa más antigua y más grande que la que vendes tú. Por si tenías esperanzas.

«Aunque no tengo la menor intención de vivir nunca allí», añadió para sí.

Darle la noticia a Susie, a sus padres y a sus colegas del trabajo, sería un problema, pero necesitaba probarle a Zandor de una vez por todas que estaba equivocado y que aquello sí era el fin de algo que nunca debería haber empezado.

Capítulo 10

COMO era de esperar, sus padres se mostraron sorprendidos, y poco complacidos, de saber que estaba prometida con un hombre del que nunca habían oído hablar, y las pocas explicaciones de ella no los convencieron.

Pero Alanna decidió que, si tenían que saberlo, era mejor que se enteraran por ella que por Jerry. Y al menos así este no haría correr el rumor de que la había encontrado «escondiéndose» con Zandor en el huerto.

Aquello, sin embargo, era poca compensación por haber tenido que contestar a dónde, cómo y cuándo se habían conocido Gerard y ella.

–¿O sea que el tal Gerard Harrington es primo del señor Varga? –preguntó su madre con incredulidad–. ¿Y qué debió de pensar él cuando no mencionaste eso?

Alanna se mordió el labio inferior.

–Que todo sucedió muy deprisa y esperaba el momento oportuno para decíroslo –repuso.

–¿Estás segura de que sabes lo que haces? –preguntó el señor Beckett con sequedad.

–Siempre has dicho que tú lo supiste en cuanto viste a mamá –dijo Alanna a la defensiva–. ¿Por qué no me puede pasar a mí también?

–Porque a tu madre llevó tiempo convencerla –replicó él–. Eso es lo que suele pasar.

–Pues esta vez no –Alanna intentó sonreír–. Yo esperaba que os alegrarais.

–¿Cuando no puedes mostrarnos una fotografía, ni siquiera uno de esos *selfies* donde aparezcas con él? –su madre suspiró–. Todo esto resulta muy raro. Por supuesto, ya sabes lo que dirá la gente.

–Pues se equivocará –le aseguró Alanna–. Y desde luego, no nos casaremos pronto. «Ni nunca», añadió para sí.

–¿Presumo que conoces a sus padres?

–Bueno, sí. Su madre es viuda y vive en Suffolk.

–¿Y qué piensa de esta decisión tan repentina?

Alanna se encogió de hombros.

–Que somos adultos y podemos tomar decisiones –respondió–. Os prometo que todo saldrá bien –dijo.

Cuando se acostó esas noche, pensó que, por primera vez, se alegraría de volver a Londres al día siguiente.

Llamó a Gerard desde el tren para decirle que ya podía anunciar públicamente el compromiso, si quería.

–Por supuesto –repuso él con alegría–. No te arrepentirás, querida. Te lo prometo.

Todavía faltaba decírselo a Susie, cuya primera respuesta fue:

–¡Madre mía! ¡Y pensar que hace muy poco que jurabas que no había compromiso a la vista! –dijo con afabilidad.

Alanna se movió incómoda en su asiento.

–Las cosas cambias.

–Claramente –Susie le lanzó una mirada irónica–. Pero normalmente, no con tanta rapidez.

–No nos vamos a casar por el momento –explicó Alanna de nuevo–. El cambio no será tan grande. Y ese secreto que dijiste que escondía Gerard... Ahora ya sabes cuál era.

Susie pensó un momento.

–No –repuso–. Creo que no lo sé. Ni tú tampoco. Todavía no.

Cuando Alanna llegó el lunes a la editorial, había una actividad frenética allí. Y cuando terminó de servirse un café, estaba ya informada de que había habido reuniones durante todo el domingo y desde las siete de esa mañana y el trato ya se había cerrado.

La editorial Hawkseye había pasado a formar parte del imperio TiMar.

–Y parece ser que todo seguirá como siempre y no habrá despidos, gracias a Dios –comentó Jeanne, del departamento artístico–. Steve y yo acabamos de firmar una hipoteca para el apartamento nuevo –añadió, estremeciéndose–. No sé lo que habríamos hecho –dio un codazo amistoso a Alanna–. Pero tú no tenías de qué preocuparte, eres la niña de los ojos de Hetty.

Solo que Hetty no estaba allí.

El anuncio oficial tendría lugar en la sala de juntas a las once y, según Louis, se esperaba que asistiera todo el mundo.

Cuando Alanna llegó, ya no quedaban sillas libres, así que se colocó en un rincón.

—Dicen que va a venir el jefe en persona, el presidente de TiMar —le comunicó la chica que había a su lado, con un susurro de emoción.

Eso explicaba los retoques de última hora con maquillaje y lápiz de labios, más el olor a perfume que le llegaba a Alanna desde todas las direcciones.

Ella vestía tan discreta como siempre, con pantalón negro y camisa verde pálido, con el cabello recogido apartado de la cara y bien sujeto en la base de la nuca.

Entonces se abrió la puerta del extremo más alejado y se hizo el silencio. Entró un grupo de hombres, uno de ellos ligeramente por delante de los demás, inmaculadamente vestido con un traje gris, corbata de seda, con el cabello moreno bien peinado y que se movía como si fuera el dueño del lugar, cosa que era.

Alanna abrió los labios en un respingo silencioso y se hundió aún más en su rincón. Temblando, sintió que el tiempo retrocedía hasta la noche en la que él había entrado en SolBooks y le había sonreído. Recordó cómo todo su cuerpo se había calentado con la mirada de él, como si aquello fuera un encuentro íntimo en lugar de un primer encuentro.

Y que, por un momento, eran las dos únicas personas en todo el universo.

Una locura dulce que había provocado en ella una certeza que susurraba: «Aquí está él por fin».

Algo que había intentado olvidar desde entonces, pero que recordó en ese momento en todos sus detalles.

Que le decía también que, por mucho que lo hubiera intentado, no había cambiado nada. La urgencia que la había llevado a sus brazos la noche del hotel seguía tan potente y peligrosa como entonces.

Reconocía por fin que todas sus negativas, todas las palabras duras que había usado para protegerse, eran irrelevantes.

Admitía lo que siempre había sabido. Que aquella noche se había enamorado profundamente del desconocido llamado Zandor, quien le había dicho que se marcharía a la mañana siguiente, y para el que solo había sido una aventura más.

Pero él la había buscado, después de todo. Y de no ser porque Clive Solomon se había retirado, probablemente la habría encontrado. ¿Y entonces qué? No tenía respuesta para eso.

Se había construido una versión propia y fea de lo ocurrido, cimentándola con aflicción y amargura. Se había convencido de que se había comportado con una estupidez temeraria e imperdonable que no podía repetirse, y de que debía alejarse de él a toda costa.

Y menos de cuarenta y ocho horas atrás, creía que lo había conseguido por fin.

Pero se había engañado a sí misma, pues se daba cuenta de que, si la miraba y sonreía, ella se rendiría a la necesidad que la consumía por dentro y correría a echarse en sus brazos.

Zandor se detuvo en la cabecera de la larga mesa y pasó la vista por la jerarquía que esperaba a cada lado, antes de mirar a los meros mortales que se arremolinaban en el extremo más alejado.

Le lanzó una mirada breve como hielo convertido en plata por una luna de invierno y apartó la vista con indiferencia silenciosa.

Alanna se clavó las uñas en las palmas. ¿Se le había ocurrido examinar antes de ese momento sus sentimientos por él con un mínimo de sinceridad?

No, hasta que ya era demasiado tarde. Y tendría que vivir con eso el resto de su vida.

–Buenos días, señoras y señores –dijo Zandor Varga.

El despacho de Alanna siempre había tenido más de cubículo que de santuario, pero ella entró en él con ganas y se dejó caer, temblorosa, en la silla detrás del escritorio.

Había escuchado de pie el corto discurso de Zandor, explicando sus razones para elegir la editorial Hawkseye, alabando sus éxitos, pero también dejando claro que había espacio para mejorar. Sin duda eso implicaría despidos y ella sabía muy bien quién sería la primera.

«TiMar», pensó Alanna. Por supuesto. Timon y Marianne, la mezcla de los nombres de sus padres.

Y Jerry Morris tenía razón. Zandor era multimillonario.

Alanna miró el contenido de su bandeja de entrada y tomó con mano temblorosa el manuscrito en el que trabajaba en aquel momento. Al menos podía limpiar su mesa antes de que sucediera lo inevitable.

Comió su sándwich del almuerzo en soledad, amargamente consciente de que la llegada de un jefe muy rico, soltero y sexy sería el único tema de conversación entre sus colegas femeninas.

La tarde fue bastante triste, y empeoró aún más cuando la llamó Louis a su despacho.

Para sorpresa de Alanna, él la saludó amablemente y la invitó a sentarse.

—Creo que todos tenemos claro que el nuevo régimen será duro —dijo con aire importante—. Y aunque queremos expandir nuestro rango de ficción, también necesitamos partir de nuestros éxitos actuales. Aunque no siempre estoy de acuerdo con tu criterio, no puedo negar que eres una buena editora y sabes sacar lo mejor de los autores de tu lista.

Hizo una pausa.

—En vista de eso, he decidido hacerte un encargo muy especial. Como sabes, Jeffrey Winton ha decidido cambiar de rumbo para atraer lectoras más jóvenes. Naturalmente, necesitará ayuda en ese giro, así que, a partir de ahora y a petición suya, trabajarás exclusivamente con él —sonrió—. Para ti supone una especie de ascenso, que, naturalmente, irá acompañado de un ligero aumento de sueldo, que puede que mejore más en un futuro —la miró a los ojos—. Bien, ¿qué me dices?

Alanna respiró hondo.

—Digo que no hay dinero suficiente en el mundo para persuadirme de que trabaje con ese miserable lujurioso. Y no me digas que no ha intentado propasarse con otras chicas porque no lo creeré —añadió con desprecio—. Así que la respuesta es no, porque estoy contenta donde estoy.

Él entrecerró los ojos.

–Me temo que eso no es tan sencillo. Pasaré por alto de momento la calumnia a un autor de *bestsellers*. A cambio tienes que entender que la decisión ha llegado de arriba.

Alanna dio un respingo y él asintió.

–Tus actuales autores han sido asignados a otros editores para que concentres tus esfuerzos en Jeffrey –sonrió–. Me ha dicho que está deseando conocer tus opiniones.

Alanna sintió náuseas. Aquello era prácticamente un despido, pues Zandor sabía muy bien cuál sería su respuesta a ese plan.

La crueldad del método la dejó sin aliento.

¿Cómo podía hacer eso? ¿Por qué no se limitaba a incluirla en el primer recorte de empleados? Porque seguro que los habría.

–En ese caso, el señor Winton se llevará una decepción –se levantó–. Porque me niego a tener nada que ver con este proyecto. Y no te preocupes. Tendrás mi dimisión en tu mesa esta tarde.

–¿No crees que exageras un poco? –Louis intentaba parecer preocupado, pero le brillaban los ojos–. No es fácil encontrar trabajo en editoriales y tú vas a rechazar un ascenso. Eso no quedará bien en tu currículum.

Alanna se encogió de hombros.

–Correré el riesgo.

Se volvió desde la puerta.

–Oh, y que sepas que Jeffrey Winston no solo no tiene talento, sino que además es un cerdo asqueroso y puedes decírselo así de mi parte.

–No es probable –respondió él–. Y te aconsejo encarecidamente que no repitas esos comentarios a menos que quieras verte en los tribunales. Después de presentar tu dimisión, sugiero que recojas tu mesa. Siempre he sospechado que no eras muy fiable. ¿Por qué retrasar lo inevitable?

—Estoy de acuerdo —musitó ella. Y se marchó.

Capítulo 11

¿QUÉ VOY a hacer?

Alanna estaba acurrucada en el sofá, con un vaso de vino en la mesa a su lado. Por primera vez desde que saliera de la universidad, estaba desempleada... Y asustada.

También estaba sola, pues Susie había quedado con un exnovio para tomar una copa después del trabajo.

Lo cual daba a Alanna la oportunidad de elegir una explicación factible para marcharse tan precipitadamente de Hawkseye sin dar demasiados detalles.

Le preocupaba el futuro inmediato. Lo último que quería era depender de sus padres, o vivir en su casa, aunque fuera solo temporal.

No obstante, tampoco podía permitirse seguir en Londres compartiendo gastos con Susie, así que le debía a su amiga decírselo lo antes posible para que buscara a otra persona.

No había perdido solo un trabajo que amaba. Su vida entera se derrumbaba.

¿Y todo porque le había dicho a Zandor que no se acostaría con él?

No, no solo eso. Porque le había dicho una y otra vez que la dejara en paz. Había insistido en que lo quería fuera de su vida.

Y había aceptado la tonta propuesta de Gerard para convencerlo.

Y ahora Zandor le había tomado la palabra y ella estaba atascada en un desierto implacable de su propia creación.

Se le escapó un sollozo al comprender que había combatido sus verdaderos sentimientos desde el momento en el que había despertado en la cama de Zandor. Había negado que él era el foco de todos sus sueños y deseos para decirse insistentemente que solo había querido sexo con ella y que sería una locura imaginar otra cosa.

Y quizá fuera verdad. Pero eso no suponía ninguna diferencia, porque ahora, que ya era tarde, sabía con certeza que lo había amado desde el principio.

Y admitía por fin que la razón principal para huir había sido el recuerdo de que, al disfrutar en sus brazos, había violado la primera ley inmutable de las aventuras de una noche. Había dicho las palabras prohibidas. «Te quiero».

Los labios de él habían rozado su pelo, pero su única contestación había sido:

—Mañana.

Y seguramente habría sido amable y la habría rechazado con gentileza, sugiriendo quizá otro encuentro a su vuelta de América, pero dejando claro que una noche de placer no era ninguna base para un compromiso a largo plazo.

Y si ella esperaba más, tal vez le habría insinuado que disfrutaran de la situación mientras durara.

Y ella sabía que eso no podría soportarlo. Que se echaría a llorar y quizá incluso le suplicaría.

¿Y cómo iba a vivir consigo misma después de eso?

Por eso se había marchado sin hacer ruido.

Suspiró. Había sido una locura decirle eso y hacía tiempo que lo sabía.

Desde que era estudiante y su grupo de literatura había comentado la poesía de William Blake y los versos de «Nunca busques manifestar el amor que sientes».

–Fue un idiota al decirlo –había declarado Susie con firmeza–. Habló demasiado pronto y espantó a la chica.

–No, solo fue sincero –había dicho otra estudiante–. Dijo lo que había en su corazón.

–¿Pero qué pasaría si una mujer dijera lo mismo? –había preguntado Alanna.

–Muy sencillo –había contestado Susie con cinismo–. El hombre habría salido corriendo aún más deprisa.

Y Alanna se había mostrado de acuerdo y se había jurado que no diría esas palabras hasta que conociera al hombre ideal y que, incluso entonces, tendría que decirlas él primero y ser sincero, no usarlas como un truco para llevársela a la cama.

Una buena resolución que había roto al pronunciar esas palabras en la euforia del postorgasmo.

Sintió que su tensión interior empezaba a aflojarse y unas lágrimas pesadas le escaldaban la cara. No intentó dejar de llorar porque necesitaba la catarsis del llanto. Así que lloró hasta que ya no le quedaron lágrimas y entonces se sentó temblorosa y bebió un trago de vino, que la calentó. Estaba lista para asumir de nuevo el control de sí misma.

Se duchó largo rato en el baño, hasta que el agua calmó sus ojos hinchados y se puso unos pantalones anchos de color caqui y una camiseta negra.

Cuando volvió su compañera de piso media hora después, tenía salsa para pasta hirviendo en la cocina, que olía maravillosamente a tomate y ajo.

–Huele como para comérsela –Susie dejó el bolso y la chaqueta con un suspiro.

–Pensaba que quizá cenarías fuera –comentó Alanna.

–Yo también... Durante cinco minutos –Susie alzó los ojos al cielo–. Escucha y aprende, querida amiga. Cuando algo está muerto, hazle un entierro decente. La respiración boca a boca no tiene sentido aquí.

Alanna pensó que tenía mucha razón, pero se las arregló para sonreír.

–Procuraré recordarlo.

Después de la cena, preparó café y lo llevó a la sala de estar. Respiró hondo.

–Hoy he dimitido de mi trabajo.

Susie dejó su taza en la bandeja con mucho cuidado.

–¿Puedo preguntar por qué?

–Porque la absorción se ha hecho realidad y descubrí que era cuestión de saltar o que te empujaran.

–¡Dios mío! ¿Y qué ha dicho Gerard?

–Todavía no lo sabe.

–¿Te preocupa que quiera llevarte al altar aprovechando la coyuntura?

Alanna se mordió el labio inferior.

–No hay ninguna posibilidad de eso. Y te lo digo a ti la primera porque probablemente encuentre dificultades financieras en un futuro próximo y tengas que buscarte otra compañera de piso.

—Mientras tú duermes en la calle, supongo —Susie negó con la cabeza—. De eso nada. En mi viaje a los Estados Unidos he ganado bastante y puedo permitirme pagar esto sola mientras te recuperas.

—No sé qué decir —musitó Alanna, temblorosa.

—Pues reserva tus energías para preparar tu currículum —Susie frunció el ceño—. Lo que no entiendo es por qué te ha despedido la nueva empresa. ¿Se puede saber quién es?

—Se llaman TiMar International.

Susie lanzó un silbido.

—¿Ah, sí? Es una empresa familiar fuerte que se hizo gigante en una sola generación y sigue expandiéndose gracias a un jefe joven y dinámico. O eso es lo que dicen en Nueva York. Y ahora han entrado también en el negocio editorial —tomó un sorbo de café—. Creo que yo me habría quedado un tiempo a ver los cambios que planeaban.

—Desgraciadamente, el cambio para mí era muy malo y sin alternativas. Y de todos modos, quizá sea bueno buscar un reto nuevo.

—No me habías contado lo de mi primo —dijo Gerard.

Alanna se puso tensa. ¿Qué era lo que había oído él?

—¿A qué te refieres? —preguntó.

—A que ha comprado tu editorial. ¿A qué si no?

—Solo han pasado unos días y pensé que ya lo sabrías.

–No. Lo he leído en la sección de Negocios. De hecho, no sabía que seguía en Londres. Y nunca le pregunto sobre sus adquisiciones o no tendríamos tiempo de hablar de la cadena de Bazaar Vert, que es lo que me interesa a mí –hizo una pausa–. ¿Te gusta la idea de trabajar para él?

–Eso no va a pasar. Dejé mi trabajo el lunes.

Gerard dejó el cuchillo y el tenedor en el plato.

–¿Por qué? –preguntó.

Ella se encogió de hombros.

–Diferencias irreconciliables con un editor con más peso que yo.

Eso es ridículo. Hablaré con Zandor para que te readmitan.

–No –se apresuró a decir ella–. Por favor, no hagas eso. Puedo encontrar otro trabajo. Y además, tiene cosas mejores que hacer que preocuparse por una simple editora.

–Si es mi futura esposa, lo hará. Y, por cierto, me alegra ver que llevas un anillo –añadió, observando el brillo de los ópalos en su mano izquierda–. No es lo que yo habría elegido, pero ya arreglaremos eso más tarde.

Alanna se encogió de hombros.

–Ya ha salido el anuncio en la prensa y mañana por la noche cenamos con tu tía Caroline, así que me pareció apropiado.

–Sí –él guardó silencio mientras les retiraban los platos y les ofrecían las tartas de los postres–. Parece que la abuela está en su casa, así que será una reunión familiar.

Alanna gimió interiormente.

–¿Tu abuela viene a menudo a Londres? –preguntó.

–No, solo a la feria de caballos en Olympia –él parecía incómodo–. Pero esta vez quizá quiera limar asperezas. Fijar fechas para conocer a tus padres, para la fiesta de compromiso y demás.

–Pues eso haremos –contestó Alanna con una sonrisa forzada.

Para la cena del sábado, eligió un vestido sencillo de lino verde oliva hasta la rodilla y con un escote muy discreto.

Los Healey vivían en una casa alta en una calle de casas parecidas. Una mujer mayor, a la que Gerard llamó Nanny, les abrió la puerta.

–Vino a cuidar de Des y no se marchó nunca –le había dicho Gerard a Alanna mientras aparcaba el coche–. Y es ella la que cocina, así que al menos comeremos bien.

Cuando recorrían el pasillo hacia la parte de atrás de la casa, oyeron una risa femenina familiar, procedente de la habitación del extremo. Era Felicity.

Alanna miró a Gerard y vio que este apretaba los labios con furia.

Entraron en una estancia grande y agradable, con puertas de cristal que daban al jardín, dorado bajo el sol del atardecer.

Y allí estaba Felicity, vestida de nuevo de azul hielo y sentada con Niamh Harrington en uno de los sofás de piel de color crema que flanqueaban la chimenea apagada.

Miró un momento a Alanna y dedicó una sonrisa deslumbrantc a Gerard.

–Hola, querido. Supongo que esto es una sorpresa, pero tu abuela insistió mucho.

–Me alegro de veros –Richard Healey se acercó a estrecharles la mano–. ¿Qué os doy de beber?

Había una jarra con zumo de naranja en una mesa lateral, así que Alanna eligió eso mientras Gerard pedía whisky con agua.

La señora Healey dirigió a Gerard a un espacio vacío entre Felicity y su abuela e indicó a Alanna que se sentara enfrente.

Niamh Harrington miró la mano izquierda de esta.

–Ya tienes un anillo, querida muchacha. Es muy bonito –dio una palmadita a Gerard en el brazo–. Te has buscado una esposa ahorrativa.

–Me alegro de que le guste, señora Harrington –comentó Alanna, que sabía que el comentario no había sido un cumplido.

–Oh, no seas tan formal, querida. Después de todo, pronto serás de la familia. Puedes llamarme abuela.

«Cuando se congele el infierno», pensó Alanna.

En aquel momento sonó el timbre y sonrió aliviada, esperando ver entrar a Desmond y Julie.

Pero la sonrisa murió en sus labios al ver quién aparecía en el salón.

–Buenas noches –dijo Zandor.

No iba solo. La chica que lo acompañaba era espectacularmente hermosa, de piel morena y suave, con vivos ojos azules, pestañas largas y labios de un color rosa pálido. Su vestido también era rosa y se ceñía a cada centímetro de su cuerpo.

–Perdona la intromisión, tía Caroline –dijo Zandor–, pero cuando oí que mi abuela estaba en la ciudad, pensé que no podía perderme esta oportunidad de traer a Lili a verla. Después de todo, coinciden pocas veces en el mismo continente.

«O sea que esta es Lili», pensó Alanna, confusa. La chica que era la líder personal de la manada y que, según Joanne, Zandor había sido lo bastante inteligente para no llevarla a la abadía. Pero ahora estaba allí con él.

–Has hecho bien –Richard Healey llenó alegremente el silencio atónito que siguió–. Es maravilloso volver a verte, querida, y estás más encantadora que nunca. ¿Verdad, Caroline? Y, por supuesto, los dos os quedaréis a cenar.

–Sí, claro –musitó la señora Healey, como si le arrancaran las palabras bajo tortura–. Pero me gustaría que nos hubieras avisado, Zandor. No estoy segura de...

–Tonterías, querida –la interrumpió su esposo con firmeza–. Nanny siempre prepara demasiado. Además, el salmón a la mayonesa y el pudín de verano se pueden estirar mucho.

–En ese caso, estaremos encantados –dijo Zandor. Miró a Niamh Harrington, cuyo rostro parecía una máscara congelada–. Abuela, ¿no vas a saludar a Lili después de tanto tiempo?

–Naturalmente –contestó ella. Tendió la mano hacia la aludida–. Me alegro de verte, querida. Ven a darme un beso.

La chica obedeció y Alanna vio que Gerard se ponía en pie con expresión tensa y el rostro sonrojado.

Lili se inclinó graciosamente y rozó con los labios la mejilla dc la señora Harrington.

–Buenas noches, Gerard –dijo con voz suave y ronca cuando se enderezó–. Muchas felicidades por tu compromiso. Espero que me invitéis a la boda y que vengáis también a la mía.

Él carraspeó.

–¿Te vas a casar? No lo sabía.

Ella se encogió de hombros.

–No creo que sea ninguna sorpresa. Pensaba que Zandor lo habría comentado.

–Pues muchas felicidades, querida –intervino de nuevo el señor Healey–. Te las mereces. ¿Verdad que sí?

Un coro de voces le aseguró que así era.

Solo Alanna permaneció en silencio. No se atrevía a hablar por miedo a que se notara lo desgraciada que se sentía.

En su opinión, la llegada de Lili explicaba muchas cosas. El interés de él por Leahaven Manor y su despido apresurado de Hawkseye. No era una venganza por haberlo rechazado, sino una precaución de seguridad.

Bebió de su zumo de naranja, pero nada podía borrar el horror de la velada que se aproximaba. Tener que ver a Zandor feliz con la chica elegida.

Y tener que fingir que no le importaba y ser la única que supiera que tenía roto el corazón.

Capítulo 12

ALGUNA otra cena había durado tanto alguna vez? Alanna, desesperada, creía que no. Hasta Niamh Harrington se mostraba apagada y aquello parecía un funeral.

¿Pero por qué?

Su fingido compromiso no era bien recibido, pero ni aquello, ni siquiera la presencia de Felicity, justificaban la atmósfera de incomodidad que invadía a los presentes.

Y si la causa era la llegada de Zandor, ¿por qué le importaba a su familia su decisión de casarse con su novia, que era increíblemente hermosa y a la que claramente conocían todos?

En cuanto a Gerard, sorprendentemente, parecía inmerso en alguna batalla interior propia. O quizá simplemente le molestaba que su abuela hubiera decidido imponerles una vez más la presencia de Felicity.

Excepto que parecía más desgraciado que enfadado, como si le hubieran dado un golpe del que quizá no llegara a recuperarse.

Se le ocurrió entonces que nunca lo había visto mostrar tanta emoción. Algo lo había sacado de su ecuanimidad habitual.

Y a juzgar por la única mirada que Alanna se había atrevido a dirigir a Zandor, este también parecía sombrío y preocupado, mientras que Lili casi no levantaba sus ojos azules del plato.

Desde luego, no eran la imagen de una pareja feliz.

Dejó de pensar así, consciente de que era más de lo que podía soportar.

La voz de Niamh Harrington la sacó de su ensueño.

—Parece que has entrado en la familia por partida doble, querida muchacha, ahora que Zandor es el dueño de tu editorial. Me pregunto si te gustará trabajar para él.

Alanna la miró a los ojos con aparente tranquilidad.

—Me temo que está mal informada, señora Harrington. Ya no trabajo en Hawkseye.

—¿Ya no trabajas allí? Supongo que no querrás decir que te han despedido.

—No. En realidad, me fui yo.

—¿De un trabajo que amabas? ¿Por qué?

—Creo que citó razones personales —dijo Zandor, con una voz tan fría como su mirada. Se encogió de hombros—. Cualesquiera que sean.

—Un misterio —la señora Harrington dio una palmada—. No nos dejes en la oscuridad, Alanna. Cuéntanoslo todo.

Alanna se obligó a mirar a Zandor a los ojos.

—No hay ningún misterio —dijo—. Su nieto conoce mis razones tan bien como yo y es consciente de que no tenía elección. Y como no pienso decir nada más,

quizá podamos cambiar de tema y evitar aburrir a
todo el mundo.

Por el rabillo del ojo vio que Lili se inclinaba hacia delante y la miraba con furia, pero Zandor le
puso una mano en el brazo como para contener cualquier posible acusación.

Alanna se preguntó qué le habría contado a su
novia. Si se lo había dicho todo, no era de extrañar
que Lili la mirara como si fuera su peor enemigo.

Decidió que lo mejor que podía hacer era hablar
con Gerard en cuanto terminara la cena y pedirle que
la llevar a casa, alegando una jaqueca. Pero cuando
entraron en la sala de estar, donde servían ya el café,
él estaba sentado en el sofá al lado de su abuela y esta
le hablaba con interés, trazando una línea invisible
alrededor de ambos que excluía a todos los demás.

Alanna vio que Zandor entraba con Lili y, antici-
pando que podía haber una escena, salió al patio por
las puertas de cristal.

Se detuvo a oler los aromas a lavanda y rosas que
le llegaban desde las sombras del jardín. Oyó pasos
detrás y se volvió, ya a la defensiva, pero vio que se
acercaba Richard Healey, con una taza y un platito
en cada mano.

—Te he traído café —le tendió una de las tazas—. No
sabía si querías leche.

—No, gracias, me gusta solo.

—Supongo que lo necesitas —musitó él—. Me temo
que la velada no ha ido como habíamos planeado. Te
pido disculpas.

—No es culpa tuya.

—Salvo porque tendría que haberme impuesto

hace años, cuando me casé con Caroline –dijo él, sombrío–. La verdad es que Maurice y yo subestimamos mucho la influencia de nuestra madre política en sus hijos, y la pobre Meg nunca tuvo ninguna posibilidad.

–Pero una de ellas sí se rebeló.

–Te refieres a Marianne.

–Joanne me contó algo.

–¿Pero te habló también de Lili?

–La mencionó –repuso Alanna.

–Entonces no hay necesidad de decir más. Dejemos el pasado en paz y centrémonos en planear un futuro feliz Richard suspiró–. Me habría gustado que Zandor hubiera elegido otra ocasión para soltar su bomba, pero, por otra parte, no puedo negar que he disfrutado viendo a su abuela con el paso cambiado por una vez.

Alanna se preguntó si de verdad era eso lo que había pasado. Era tan evidente que Zandor estaba tan fuera de la familia, que a Niamh Harrington no debería importarle que se casara. A menos, claro, que tuviera también otra Felicity prevista para él.

«Pero tampoco puedo dejar que me importe a mí», pensó con un suspiro cuando volvía con Richard Healey hacia la casa.

Se detuvo sorprendida en el umbral de la sala de estar. En la habitación estaban solo Gerard y su abuela, pero la atmósfera era como penetrar en un campo de fuerza.

–¿Dónde están todos? –preguntó Richard.

Niamh Harrington apretó los labios.

–Zandor y la chica se han ido y Caroline está despidiendo a Felicity, algo que Gerard se ha negado a hacer.

—Porque me habría sentido más inclinado a mandarla a paseo —repuso Gerard con voz fría—. Piensa en eso antes de invitarla otra vez.

La señora Harrington enrojeció.

—¡Cómo te atreves a hablarme así! Olvidas quién eres.

—Al contrario, abuela. Tengo muy buena memoria. ¡Ojalá no fuera así!

En su voz había una nota salvaje que Alanna no había oído nunca.

—Nosotros también deberíamos irnos —dijo con suavidad—. No olvides que mañana almorzamos con mis padres.

Por un extraño momento, los dos la miraron como si no supieran quién era o lo que hacía allí. Luego Gerard sonrió con aire conciliador.

—Sí, por supuesto, querida. Cuando quieras.

Alanna miró a Niamh.

—Buenas noches, señora Harrington. Espero que disfrute de su estancia aquí.

De camino al apartamento de ella, Gerard parecía preocupado. A Alanna, que esperaba que la dejara en la puerta, le sorprendió oírle decir con brusquedad:

—¿Puedo entrar?

—Claro que sí —respondió ella, incapaz de pensar en una excusa.

—¿Dónde está Susie? —preguntó él, mirando la sala de estar vacía.

–En Lewes. En las bodas de plata de su tía. ¿Café?

–Muy bien.

Ella se disponía a echar el café en la cafetera, cuando él se acercó por detrás, la abrazó y la volvió hacia sí.

–Gerard, ¿pero qué...?

La interrumpió la presión de la boca de él en la suya, al tiempo que sus manos buscaban los pechos de ella.

Alanna se debatió y lo empujó sin éxito hasta que tuvo que reforzar su resistencia clavando con fuerza el tacón en el empeine de él.

Gerard la soltó con un juramento. Ella se apoyó en la encimera.

–¿A qué demonios ha venido esto? –preguntó, temblorosa.

–Estamos prometidos, ¿no?

–No. Y tú lo sabes. Me pediste ayuda y acepté, en contra de mi criterio y fundamentalmente porque no le desearía a Felicity Bradham ni a mi peor enemigo. Pero no acepté nada más y ahora hasta tu abuela sabe ya que Felicity no es una opción.

–La abuela solo ve lo que quiere ver –dijo él con amargura.

–Pues enfréntate a ella como has hecho esta noche. Te sorprendería el apoyo que te daría el resto de la familia.

–¿Qué sentido tiene luchar si sabes que la batalla ya está perdida?

–¡Oh! Deja la autocompasión –comentó Alanna exasperada–. Tienes salud, eres atractivo, tienes un buen trabajo y un apartamento magnífico.

–Sí –repuso él–. Y renunciaría a todo eso si pudiera recuperar el año pasado. Volver a vivirlo de un modo distinto.

–Pues eso no va a pasar, así que espabila.

Él la miró con curiosidad.

–¿Y tú qué? Porque he pensado que quizá dejaste el trabajo porque te apetecía más la idea de casarte conmigo.

–No. Me temo que no –repuso ella con gentileza.

–Porque quiero que sepas que eso no sería un problema.

–Pero casi seguro que se convertiría en uno –Alanna suspiró–. Y de momento creo que ya tenemos todas las dificultades que podemos soportar.

Hubo un silencio.

–¿Qué ocurre ahora? –preguntó él–. ¿El almuerzo con tus padres sigue en pie?

–Sí, por supuesto. Tenemos que mantener la farsa al menos un mes más –ella sonrió de mala gana–. ¡Quién sabe! Para entonces puede que hayas conocido a otra.

–No –contestó él–. Te puedo asegurar que eso no va a pasar –hizo una pausa–. Y te pido disculpas por lo de antes. Normalmente no soy así.

–De eso estoy segura –musitó Alanna.

Cuando por fin se quedó sola, se sirvió un vaso de vino de la botella abierta de Chablis que había en el frigorífico y se acurrucó en una esquina del sofá a repasar los sucesos de la cena.

Y, en particular, el cambio extraordinario que había sufrido Gerard y que parecía haberse producido a partir del momento en el que Lili había anunciado que Zandor y ella se iban a casar.

En su momento, Alanna había estado demasiado inmersa en su dolor para notar que no era la única en la habitación que recibía aquello como un golpe.

Pero ahora sí lo veía. Excepto...

¿Gerard? ¿Gerard y Lili? No podía ser.

Recordó el comentario de Joanne en la abadía sobre la llegada de Zandor. «Al menos debemos dar gracias de que no haya traído a Lili».

Ese comentario adquiría un significado nuevo en aquel momento. Gerard podía haber conocido antes a Lili y haberse enamorado de ella.

¿Y luego qué? ¿Una pelea?

No, posiblemente una intervención. Lili habría ido a conocer al resto de la familia en la abadía, quizá en el cumpleaños anterior de Niamh, cuando Zandor le había regalado un ejemplar de *Middlemarch*.

Y allí la habría mirado con sus ojos plateados y la habría seducido. ¿Había sido así como habían empezado ellos y como se había terminado todo para Gerard?

¿Y habían causado ese daño a Gerard porque lo suyo había sido amor a primera vista y no habían podido evitarlo o la historia era más oscura?

Gerard no era pobre precisamente, pero no podía compararse con Zandor en ese terreno. Y Lili quizá lo habría pensado así. Pero en ese caso, ¿Gerard habría podido soportar seguir trabajando con Zandor, dirigiendo Bazaar Vert para él?

Aquella era otra pieza del puzle que no encajaba.

Tenía que haber algo más. ¿Pero qué podía ser tan importante para que Gerard soportara una traición así?

Entonces recordó la abadía. Por supuesto. ¿Qué si no?

Recordó cómo habían hablado de ella de camino allí. El entusiasmo que era casi reverencia en la voz de él. El placer en su mirada cuando al fin había aparecido a la vista.

Recordó también lo que había dejado escapar Joanne sobre sus finanzas y que ella había interpretado mal al principio, cuando era el nieto el que invertía dinero en aquel pozo sin fondo histórico.

Eso colocaba a Zandor en una posición en la que podía obligar a Gerard a elegir entre su herencia y la chica a la que amaba.

–¡Dios mío! –dijo en voz alta, con voz temblorosa–. En ese caso, todo esto es terriblemente medieval. Resulta increíble.

Se recordó que no tenía pruebas de que nada de eso fuera cierto, aunque estaba convencida de que Gerard había estado enamorado de Lili y su pérdida lo atormentaba todavía.

El timbre de la puerta la sobresaltó. Estuvo tentada de no abrir por si era Gerard, que volvía buscando consuelo.

Pero también podía ser que Susie hubiera extraviado la llave, así que abrió y se quedó atónita cuando vio quién estaba en el pasillo de fuera.

–Veo que no te has acostado aún –dijo Zandor–. Debías de estar esperándome.

Y antes de que ella pudiera cerrarle la puerta, se coló en la sala de estar.

Capítulo 13

A QUÉ DEMONIOS juegas? –preguntó Alanna, cuando fue capaz de hablar –lo miró con los puños apretados a los costados–. ¿Cómo te atreves a entrar aquí a la fuerza?

–No he necesitado mucha fuerza. Y no estoy jugando.

–¿Cómo sabes mi dirección?

–Tus detalles personales siguen todavía en Hawkseye –miró a su alrededor–. ¿Vives aquí sola?

–No. Y mi compañera de piso no tardará en volver.

–Pensé que quizá estaría aquí Gerard, buscando consuelo.

Tanta crueldad arrancó un respingo a Alanna.

–¿Y lo culparías por eso?

Él se encogió de hombros.

–Si tomas una decisión equivocada, lo pagas. Algo que tú harías bien en recordar. ¿No me vas a invitar a sentarme?

–No –Alanna se acercó a abrir la puerta–. Al contrario, te digo que te marches.

–Cuando esté preparado –él entró en la cocina, tomó la botella de vino y buscó un vaso en un armario–. Compartiré esto contigo.

Ella cerró la puerta de mala gana y volvió a sentarse.

–¿Dónde está Lili? –preguntó.

–En el hotel. Y espero que dormida –Zandor se sentó a su lado, pero en el extremo opuesto del sofá.

–¿Por qué no ha venido contigo?

–Porque Gerard podía estar aquí y he pensado que era demasiado pronto para eso –hizo una pausa–. ¿Debo suponer que te lo ha contado todo?

–Suficiente –repuso ella. Tomó un trago de vino y respiró hondo–. Lili es muy hermosa.

Por mucho que le doliera, tenía que reconocerle eso, aunque no disculpara nada.

–Eso creo yo –Zandor sonrió con calor, con ternura incluso, y Alanna se encogió interiormente–. En carácter además de en el físico.

–¿Le has hablado de mí? –preguntó ella a su pesar.

–Suficiente –repuso él.

Ella bebió más vino.

–Debe de ser muy indulgente.

–Creo que eso está por ver –contestó Zandor.

Hubo un silencio extraño, que rompió ella.

–Mañana veré a Gerard. Vamos a almorzar con mis padres. No los conoce todavía.

–Entiendo –dijo él con suavidad–. Una ocasión muy importante.

Ella se sonrojó de nuevo.

–Lo digo porque has venido aquí en su busca y quizá quieras que le dé un mensaje.

–No he venido aquí por él, sino porque tengo algo que hablar contigo –dijo él–. Y esta vez no es personal, sino profesional –hizo una pausa–. En la cena has insinuado que yo te había obligado a dimitir. De ser así, lo lamento y quiero pedirte que reconsideres tu postura y sigas trabajando como editora de ficción con un aumento de sueldo.

Ella miró su vaso.

—Hasta tú debes de saber que eso es imposible.

—Si lo supiera, no estaría aquí. ¿Qué te impide volver? ¿Orgullo?

—No –ella lo miró desafiante–. Obviamente, un miedo muy real al acoso sexual.

Zandor echó atrás la cabeza como si lo hubiera abofeteado.

—¡Santo cielo! ¿Eso es lo que crees? ¿Que porque soy el dueño de la empresa también espero serlo tuyo? ¿Que llevaría mis sentimientos y deseos privados al lugar de trabajo?

—¿Tu deseo de venganza por haberte rechazado, quizá? –a ella le tembló la voz–. Pues sí. ¿Por qué, si no, ibas a dejar que me entregaran al insoportable Jeffrey Winton? Tú estabas en la librería y viste lo que pasó. ¡Tú me rescataste, por el amor de Dios! Y en cuanto compras la empresa, autorizas a Louis Foster a que me nombre editora personal suya, a petición de él, sabiendo perfectamente lo que implicaría eso.

Guardó silencio de pronto, consciente de que podía echarse a llorar de nuevo y no quería que eso ocurriera.

Zandor apretaba los labios y sus pómulos estaban sonrojados de rabia.

—¿De verdad crees que esa orden partió de mí? –preguntó–. ¿Cómo es posible?

–Louis dijo que venía «de arriba». Y en la reunión de personal, casi no me miraste.

–¿Y qué esperabas? –preguntó él, con un tono de voz casi salvaje–. ¿Que cruzara la sala y te besara delante de todos? La tentación estaba allí, créeme.

Se pasó una mano por el pelo, que se apartó de la frente.

–Te juro que esto es lo primero que oigo de esa proposición relativa a Jeffrey Winton. ¿Dices que él pidió que fueras tú?

–Eso me dijo Louis. Y también que esa era mi última oportunidad en el mundo editorial. Por eso me fui.

Hubo otro silencio.

–Hasta el momento, la opinión general, excluyendo a Louis Foster, es que el señor Winton está acabado. Sus ventas como Maisie McIntyre están cayendo mucho y el nuevo proyecto en el que se ha embarcado probablemente se estrelle. Vamos a recomendarle que busque otra editorial.

Zandor tomó el vaso de vino que sostenía ella y lo dejó en la mesa. Le sostuvo la mano y le acarició la palma con gentileza.

–¿Puedo persuadirte de que vuelvas con nosotros?

Su contacto era como una llama, y ofrecía mucho más que un empleo. Por un momento, ella supo que sería muy fácil ceder. Ofrecerle su boca y su cuerpo para su placer mutuo.

Porque sería mutuo. De eso no cabía duda. Pero para ella, aquello sería, como había sido siempre, un asunto del corazón. Aceptar que lo quería todo de él y para siempre, como había hecho desde el principio.

Y para él sería una traición a la chica que seguramente lo esperaba en el hotel contando los minutos hasta que volviera.

Alanna retiró la mano.

—No, gracias —musitó.

—¿A qué? —preguntó él—. ¿A Hawkseye o a mí?

—A los dos. A la editorial porque me apetece el reto de un cambio —alzó la barbilla—. A ti porque no comparto tu actitud libre hacia la infidelidad.

Él guardó silencio un momento.

—Espero que ese desafío de cambio no implique casarte con mi primo.

—¿Porque como tú dices, no saldrá bien? —ella se encogió de hombros—. Puede que sí o puede que no. Después de todo, si tú me tuviste primero, Gerard tuvo a Lili, así que quizá eso haga que estemos en paz.

Él se levantó muy deprisa. La miró con los puños apretados a los costados y los ojos llameantes.

—Eso sí podría ser imperdonable —dijo. Y se marchó.

Alanna durmió poco aquella noche y la cara de Gerard cuando fue a buscarla, sugería lo mismo.

Sus padres se mostraron tan acogedores como siempre, pero Alanna fue consciente desde el principio de que todo el mundo hacía un esfuerzo y tuvo que admitir que, de haber sido un compromiso de verdad, habría estado preocupada.

La señora Beckett tuvo una conversación breve con ella cuando Gerard y su esposo estaban fuera, inmersos en un debate técnico sobre el Mercedes.

–Es muy agradable, querida. Y encantador. Pero procurarás estar segura, ¿verdad? Porque me pareció... –se detuvo, un poco sonrojada–. Aunque eso ya no importa. Y lo único que cuenta es tu felicidad.

Durante el viaje de regreso a Londres, Alanna se preguntó qué habría querido decir su madre.

Susie no había vuelto todavía, pero en el contestador había un mensaje de Joanne.

–Hola, forastera. ¿Por qué no comemos juntas esta semana y nos ponemos al día? Puedo estar en Gibby's Place el viernes a las doce y media. Si no puedes venir, llámame.

Alanna sintió tentaciones de alegar un compromiso anterior, pero decidió que seguramente había cubierto ya su cupo de mentiras para el futuro inmediato.

Y quizá encontrara algún alivio temporal en hablar de los planes de matrimonio de Zandor, un poco como morder con una muela mala.

Quizá...

Cuando llegó el viernes, se había arrepentido de su decisión. No podía dejar de pensar en Zandor y, si Joanne insistía en contarle con pelos y señales la relación de él con Lili, no estaba segura de poder soportarlo.

Llegó temprano a Gibby's Place, que estaba ya a rebosar, pero la llevaron a una mesa reservada al lado de la ventana y pidió agua mineral mientras esperaba.

–¿Alanna? –dijo una voz femenina–. Me habías

parecido tú. Me alegro mucho de verte –dijo Gina Franklin, que acababa de acercase a su mesa.

–¡Gina! ¿Qué agradable sorpresa? ¿Cómo te va?

–Por eso me he acercado. Estoy aquí con Barbara, la agente que me recomendaste. Estamos celebrándolo.

–¡Has vendido el libro! –Alanna se levantó de un salto y la abrazó–. Me alegro mucho por ti. Sabía que te lo quitarían de las manos.

–Al final hubo una serie de pujas –explicó Gina–. No podía creérmelo –su rostro se nubló un poco–. Pero me habría gustado que lo comprara Hawkseye para que hubieras sido mi editora.

–Eso no habría pasado –contestó Alanna con un suspiro–. Ya no estoy con la empresa.

–O sea que decían la verdad. Esta mañana he llamado a Hawkseye para darte la noticia y me han dicho que te habías ido –movió la cabeza–. Yo creía que estabas muy contenta allí.

–Y lo estaba. Pero las cosas cambian. Pero basta de mí. Vuelve a tu celebración y felicita a Barbara de mi parte. Las dos os lo merecéis –dijo Alanna.

Volvió a sentarse y al momento llegó Joanne.

–Me alegro de verte –la abrazó con calor–. Parece que vives una época interesante.

–Eso parece –Alanna le pasó una carta, pero Joanne no se desvió de su curso.

–Y Lili está en Londres. Eso debió de darle un susto a la abuela –soltó una risita–. Y creo que no fue solo eso, según le contó la tía Caroline a mi madre el domingo. Parece ser que el tío Richard perdió la paciencia y amenazó con prohibirle a la abuela la entrada en su casa y que luego llegó lord Bradham y tuvo una gran pelea con ella. Le dijo que no volviera a invitar a Felicity nunca más, que era obvio que Gerard no sentía nada por ella y no permitiría que su hija se viera humillada más veces. Y que quizá debería haber aprendido la lección con Marianne, a la que probablemente había machacado y manipulado para que aceptara la proposición de él.

—¿Y qué dijo la señora Harrington? —preguntó Alanna.

—No mucho, por una vez. Él no le dejó. Y media hora después ella volvía a la abadía, declarando que no volvería a pisar la casa de ninguna de sus hijas, si permitían que la insultaran así.

Joanne soltó una risita traviesa.

—Papá solo dijo que le gustaría poder creerla.

Hizo una pausa para pedir una ensalada *niçoise* y un vaso de vino blanco de la casa y Alanna pidió lo mismo.

El camarero del vino llegó enseguida, pero con un cubo con hielo que contenía una botella de Veuve Clicqoot y dos copas de champán.

—Hay un error —comentó Alanna—. No hemos pedido eso.

—Se lo envían las señoras sentadas en el rincón —dijo el camarero—. Y la señora Fitzcraig también me ha pedido que le entregue esto —le dio una tarjeta de presentación.

En la parte de atrás había un mensaje: *Creo que serías una buena agente literaria. Si te interesa, llámame, por favor.* La firmaba Barbara F.

—¡Caray! —exclamó Joanne—. ¿A qué viene todo esto?

–Creo que me están ofreciendo un empleo –repuso Alanna.

–Ah, sí, he oído que te fuiste de Hawkseye. Supongo que no soportabas a Zandor de jefe. Pero Gerard parece que ha sobrevivido y Lili se ha prometido con un príncipe de Wall Street, así que ya todo debería ir rodado –hizo una pausa–. ¿Oíste por casualidad el nombre de su prometido? Con tanto jaleo, mi madre olvidó preguntárselo a tía Caroline.

Alanna dejó su copa en la mesa con cuidado.

–Pero se va a casar con Zandor –dijo–. Creía que lo sabías.

Joanne la miró con la boca abierta.

–Casarse con Zandor –se echó a reír–. ¡Dios mío, Alanna!, ¿estás loca? Son hermanos –Joanne movió la cabeza–. ¿Cómo es posible que no sepas eso?

Siguió riendo de un modo incontenible.

Capítulo 14

ERMANOS? –preguntó Alanna–. Pero Gerard no me lo dijo cuando me habló de la familia. De hecho, aparte de ti, no la mencionó nadie. Y yo asumí que te referías a una de las novias de Zandor.

–Eso es culpa de la abuela –contestó Joanne, ya seria–. Se comporta como si no existiera y supongo que los demás hicimos lo mismo sin darnos cuenta.

–Pero es su nieta. ¿Por qué hace eso?

Joanne vaciló. Parecía incómoda.

–Porque Lili y Gerard se enamoraron y querían casarse. Y la abuela no lo permitió, así que rompieron y el tema se volvió tabú –vaciló–. Imagino que Gerard tampoco te ha contado eso.

–No con tantas palabras –repuso Alanna. «Su lado oculto», pensó. «Susie tenía razón»–. Pero vi su reacción cuando entró ella en casa de tu tía. Y luego Lili dijo que se iba a casar y, como estaba con Zandor, asumí...

Joanne asintió.

–Y Zandor y ella se quieren mucho. No solo porque siempre han sido los dos contra el clan de los

Harrington, sino también porque él es el mayor y, a la muerte de sus padres, se convirtió en una especie de tutor no oficial.

–Ella es muy hermosa. ¿Por qué estaba tu abuela en contra del matrimonio?

Joanne se encogió de hombros.

–Porque son primos y sus reglas lo prohíben. Dejó claro que, si Gerard la desobedecía, no heredaría la abadía. Le dio a elegir –frunció el ceño–. Pero yo no debería contarte esto. Ahora estás prometida con Gerard y eso es historia. Es evidente que es lo que él quiere.

Alanna no estaba tan segura de eso. Aunque no le apetecía nada comer, picoteó ensalada cuando llegó y la regó con tragos de champán, dejando el peso de la conversación a Joanne, que pasó de hablar de su último novio a sus próximas vacaciones, de chicas solas y en Barbados.

Y gradualmente, en la cabeza de Alanna empezó a forjarse un plan. Algunas partes eran más fáciles de lograr que otras, pero todas requerían su atención urgente.

Y con eso en mente, pidió una *mousse* de chocolate y brandy de la carta de postres y se tomó hasta la última cucharada.

Rehusó el café, depositó la mitad de la cuenta más propina y se puso de pie.

–Ha sido estupendo y tenemos que repetirlo pronto –dijo–. Pero me espera una tarde muy ajetreada.

–¿Aceptarás la oferta de trabajo?

–Muy probablemente. Pero antes –dijo con una sonrisa de picardía–, voy a romper mi compromiso con Gerard.

Como tenía prisa, tomó un taxi hasta Bazaar Vert. No había tenido mucho contacto con Gerard en la última semana, fuera de un almuerzo rápido el lunes y de algunos mensajes de texto.

En la tienda había una atmósfera extraña, que captó en cuanto entró. No había escasez de clientes, pero los empleados, normalmente muy serviciales, estaban agrupados hablando en voz baja.

Alanna se acercó al mostrador.

–Buenas tardes. Quisiera hablar con el señor Harrington, si está libre.

Se acercó una de las encargadas.

–¿Puede venir conmigo a la oficina, señorita Beckett?

Alanna la siguió y la encargada llamó con los nudillos antes de abrir la puerta.

–La señorita Beckett pregunta por el señor Harrington –dijo–. No sabía qué decirle.

–Está bien, señora Trevor –para sorpresa de Alanna, Zandor se levantó de detrás de la mesa de Gerard y caminó hacia ella–. Yo se lo explicaré.

La señora Trevor asintió, se retiró y cerró la puerta sin hacer ruido.

«Pero no debería ser así», pensó Alanna. «Tengo que ver primero a Gerard para terminar esta farsa de una vez por todas».

–¿Dónde está? –preguntó en voz alta–. ¿Ha sucedido algo?

–A él no le ha pasado nada –Zandor miró el anillo en la mano izquierda de ella–. Pero va a estar un tiempo fuera.

–¿Lo has despedido? –ella tragó saliva–. ¿Por lo que ocurrió con Lili?

–Al contrario. Lili y él se han escapado juntos, sabe Dios adónde. Al parecer piensan casarse. Ella me dejó una carta esta mañana.

Alanna se quedó atónita.

–Pero ella está prometida con alguien en Estados Unidos, ¿no?

–Lo estaba. También hay una carta para él. Y me han concedido el privilegio de decírselo a la familia, lo cual no va a ser fácil. Pero he decidido solucionar antes lo de Bazaar Vert. Traer un director de la sucursal de París y asegurarme de que todo siga como siempre. Después de todo, este es el medio de vida de mucha gente –hizo una pausa–. Y después pensaba ir a verte a ti.

Ella movió la cabeza. Después de la sorpresa inicial, tenía la sensación de haberse quitado un gran peso de los hombros.

–No te preocupes –dijo–, no era un compromiso de verdad. Él solo quería que le ofreciera una barricada temporal contra las Felicitys de este mundo. Pensaba negarme, pero cuando hizo el anuncio sin consultarme, le seguí la corriente. Algo de lo que me he arrepentido desde entonces –sonrió–. Pero hace una hora me he enterado de que Felicity ya no era un problema y he venido directamente aquí a decirle que se había acabado. Aunque él me ha ahorrado el trabajo —se cambió el anillo a la otra mano—. Ahora el anillo de mi abuela puede volver a su sitio.

Hizo una pausa.

—Y luego pensaba ir a verte a ti.

—¿Puedo preguntar por qué? ¿Has reconsiderado la oferta de trabajo?

—No. Puede que ahora me haga agente literaria —respiró hondo—. Quería verte para disculparme por mi modo de comportarme. Sé que no es excusa, pero hasta hace una hora, creía que Lili y tú erais amantes, que os ibais a casar y tú no tenías intención de ser fiel. Y no podía soportarlo.

—A ver si lo entiendo —comentó él—. ¿Quieres decir que Gerard nunca te habló de mi hermana ni de lo que pasó entre ellos?

—Ni una palabra. Y yo saqué un montón de conclusiones estúpidas hasta que hoy he comido con Joanne y me lo ha contado todo. Y ahora tengo que decirte que lo siento mucho.

Zandor la tomó del brazo y abrió la puerta.

—Ven conmigo —dijo.

—¿Adónde?

—¿No es evidente? Hemos perdido mucho tiempo y vamos a volver a donde empezó todo y donde debería haber continuado.

En la calle paró un taxi. Le tomó la mano durante todo el trayecto hasta el hotel y ella notó que temblaba.

Alanna temblaba también, de miedo y excitación, mezclados con esperanza.

La suite era exactamente igual que la primera vez, como si los meses de soledad y malentendidos no hubieran ocurrido, pero ella sabía que no podía ser tan sencillo.

Se quedó en pie en mitad de la sala de estar.

—Tú dirás.

—Quiero que contestes a una pregunta. Aquella noche, antes de dormirte, dijiste que me querías —echó atrás la cabeza y la miró con angustia—. Tengo que saber si hablabas en serio o era solo por el sexo. Porque eso fue lo que pensé cuando saliste corriendo, pero en aquel momento solo pude abrazarte, creyendo de pronto en los milagros, diciéndome que tú, igual que yo, habías sabido sin la menor duda que estábamos hechos el uno para el otro.

En su mandíbula se movió un músculo.

—Y que cuando te despertara por la mañana con un beso, me lo repetirías y sonreirías. Solo que eso no pasó. Así que dime, por favor, por qué te fuiste.

—Porque estaba confusa, asustada incluso, de lo que sentía por ti. Y porque aunque lo ocurrido había sido muy importante para mí, para ti podía ser solo una aventura de una noche. Y yo no podía soportar eso. Después de todo, me había echado a tus pies y te había dicho que te quería y no podía arriesgarme a que me compadecieras por ponerme en ridículo cuando me dijeras que se había acabado.

Hizo una pausa.

—Y no solo me marché. Me sentía fatal y me dije que me lo merecía. Que debería darme vergüenza acostarme con un desconocido. Arriesgarme a un embarazo. A una chica que conocía le pasó eso y le estropeó la vida para siempre. Creo que en realidad estaba pasando un proceso de duelo y cuando conocí

a tu primo, al principio fue como volver a la norma-
lidad –Alanna intentó sonreír–. Cuando, de hecho,
éramos dos desastres juntos.

–¿Te acostaste con él? –preguntó Zandor con calma.

Ella dio un respingo.

–No, claro que no. Yo no podría... –se detuvo–.
Eso suena terrible.

–Un poco –repuso Zandor–. Por primera vez hoy,
casi simpatizo con él. Aquella primera noche en la
abadía, debías de saber que iría a tu habitación. ¿Por
qué me cerraste la puerta?

–Por pura supervivencia. No volver a verte era la
piedra angular de la nueva vida que intentaba construir.

–Pero si me hubieras dejado entrar, no habría habido malentendidos porque te habría contado mi sos-
pecha de que Gerard seguía queriendo a Lili y siempre la querría. Y por la mañana podríamos haber
salido para Londres juntos, cimentando así mi posición como oveja negra de la familia.

–Pero tú no puedes querer eso –protestó ella.

Zandor se encogió de hombros.

–Era inevitable. Mi abuela odiaba a mi padre,
siempre lo consideró la escoria de la tierra, aunque
no tenía escrúpulos en aceptar su dinero cuando se
presentaba la ocasión. Yo soy hijo de mi padre, así
que su antipatía ha formado parte de mi herencia.
Unida a la ilusión de que también soy su banquero
privado. Y Lili también es hija de mi padre, así que
Niamh hizo todo lo que pudo por romper su relación
con Gerard, no porque fueran primos, sino porque no
soportaba que mi hermana, una Varga, fuera la señora de la Abadía Whitestone.

—Pues ahora tendrá que soportarlo.

—Lo dudo. Sospecho que Gerard y Lili se muda-
rán a París o Nueva York. Puede seguir dirigiendo
Bazaar Vert desde cualquiera de esos sitios, si quiere.
Pero ha terminado con la abadía.

—¿Pero por qué ha vuelto tu hermana con él, después del modo en que la trató?

—Porque lo quiere y siempre lo querrá —la voz de
Zandor era gentil—. Es así de sencillo. Lo que me
recuerda...

Desapareció en el dormitorio y regresó casi al instante con una cajita.

Sentó a Alanna en el sofá a su lado.

—A pesar de todo, estaba seguro de que volvería-
mos a encontrarnos y de que esta vez estaría preparado. Así que te compré esto en Nueva York, a pesar
de estar muy dolido. Para mantener la fe.

En la cajita, sobre terciopelo negro, había un enorme
diamante solitario engarzado sobre un aro de platino.

—Podemos seguir repasando todos los errores pasados que hemos cometido hasta el fin del mundo.
Pero prefiero vivir contigo el presente y el futuro.

Sacó el anillo y se lo puso en el dedo.

—Cásate conmigo. Corre el riesgo. Sé mi esposa y
haz que mi vida vuelva a valer la pena.

—Te amo —dijo ella. Y alzó la cara para que la besara.

—Y yo te amo más que a mi vida.

—Sabe Dios lo que dirán mis padres —comentó ella
mucho rato después, cuando yacía satisfecha en sus
brazos.

–Pronto lo sabremos. He pensado que podemos ir allí mañana para que yo le pida permiso a tu padre mientras tu madre y tú pensáis en los detalles de la boda. Además, no creo que se sorprendan mucho. Me parece que no se tragaron la historia de que me había perdido.

–No –repuso Alanna, que recordó algo que había dicho su madre–. Tal vez no.

–Y mientras estamos allí –continuó él–, quizá podamos echar otro vistazo a Leahaven Manor. Yo nos imaginé allí como una familia. Una locura quizá, pero...

Ella volvió la cabeza y lo besó en el cuello.

–Entonces estamos locos los dos –susurró–. Porque yo tuve la misma imagen. Y es maravilloso.

Bianca

En deuda con el multimillonario...
y unida para siempre por su venganza

EL CASTIGO
DEL SICILIANO

Dani Collins

El perverso magnate siciliano Dante Gallo había despedido a Cami Fagan en venganza por el robo cometido por su padre. Lo que no esperaba era desearla tanto que no pudiera evitar seducirla. Dante enseguida descubrió lo deliciosamente inocente que era Cami. Pero lo que había empezado como una venganza iba a unirlos para siempre al descubrir las consecuencias de su inoportuna pasión.

Acepte 2 de nuestras mejores novelas de amor GRATIS

¡Y reciba un regalo sorpresa!

Oferta especial de tiempo limitado

Rellene el cupón y envíelo a

Harlequin Reader Service®
3010 Walden Ave.
P.O. Box 1867
Buffalo, N.Y. 14240-1867

¡Sí! Por favor, envíenme 2 novelas de amor de Harlequin (1 Bianca® y 1 Deseo®) gratis, más el regalo sorpresa. Luego remítanme 4 novelas nuevas todos los meses, las cuales recibiré mucho antes de que aparezcan en librerías, y factúrenme al bajo precio de $3,24 cada una, más $0,25 por envío e impuesto de ventas, si corresponde*. Este es el precio total, y es un ahorro de casi el 20% sobre el precio de portada. !Una oferta excelente! Entiendo que el hecho de aceptar estos libros y el regalo no me obliga en forma alguna a la compra de libros adicionales. Y también que puedo devolver cualquier envío y cancelar en cualquier momento. Aún si decido no comprar ningún otro libro de Harlequin, los 2 libros gratis y el regalo sorpresa son míos para siempre.

416 LBN DU7N

Nombre y apellido	(Por favor, letra de molde)

Dirección	Apartamento No.

Ciudad	Estado	Zona postal

Esta oferta se limita a un pedido por hogar y no está disponible para los subscriptores actuales de Deseo® y Bianca®.
*Los términos y precios quedan sujetos a cambios sin aviso previo.
Impuestos de ventas aplican en N.Y.

SPN-03   ©2003 Harlequin Enterprises Limited

DESEO

Iban a trabajar muy juntos...

Engañando a
don Perfecto

KAT CANTRELL

La reportera de investigación Laurel Dixon estaba decidida a destapar el fraude que sospechaba estaba produciéndose en la fundación benéfica LeBlanc Charities, aunque para ello tuviera que engañar al hombre que estaba al timón.

Trabajar en la fundación de modo encubierto le permitiría ser la mujer atrevida que siempre había querido ser. Sin embargo, Xavier LeBlanc no resultó ser como ella esperaba, y cuando acabara conociéndolo íntimamente, ¿preferiría hacer el reportaje de su vida o una vida con don Perfecto?

Bianca

**Su venganza no estaría completa hast
que no la tuviera como esposa…**

ÍNTIMA
VENGANZA

Caitlin Crews

Después de pasar diez años en la cárcel por un crimen que no
cometió, el cruel griego Atlas Chariton volvió para vengarse de
Lexi Haring, la mujer cuya declaración lo sentenció. Decidió que
se casaría con ella y la uniría a él para siempre. Sin embargo, una
vez casados, la sensual rendición de Lexi amenazó con destruir
la venganza con la que tanto había soñado…